UM CASO DE TOMMY & TUPPENCE

Publicado originalmente em 1941

AGATHA CHRISTIE
M ou N?

· TRADUÇÃO DE ·
Bruna Beber

Rio de Janeiro, 2023

Título original: *N or M?*
Copyright © 1941 Agatha Christie Limited. All rights reserved.
Copyright de tradução © 2021 Harper Collins Brasil

THE AC MONOGRAM and AGATHA CHRISTIE are registered trade marks of Agatha Christie Limited in the UK and/or elsewhere. All rights reserved.

Todos os direitos desta publicação são reservados à Casa dos Livros Editora LTDA. Nenhuma parte desta obra pode ser apropriada e estocada em sistema de banco de dados ou processo similar, em qualquer forma ou ameio, seja eletrônico, de fotocópia, gravação etc., sem a permissão do detentor do copyright.

Diretora editorial: *Raquel Cozer*

Gerente editorial: *Alice Mello*

Editor: *Victor Almeida*

Copidesque: *Paula di Carvalho*

Preparação de original: *Giuliana Alonso*

Revisão: *AB Seilhe | Oliveira Editorial*

Design gráfico de capa e miolo: *Túlio Cerquize*

Produção de imagens: *Buendía Filmes*

Produção de Objetos: *Fernanda Teixeira e Yves Moura*

Fotografia: *Vinicius Brum*

Diagramação: *Abreu's System*

Dados Internacionais de Catalogação na Publicação (CIP)
(Câmara Brasileira do Livro, SP, Brasil)

Christie, Agatha, 1890-1976
M ou N? / Agatha Christie; tradução Bruna Beber. – 1. ed. – Rio de Janeiro: Harper Collins Brasil, 2021.

Tradução original: N or M
ISBN 978-65-5511-174-3

1. Ficção policial e de mistério (Literatura inglesa) I. Título.

21-65655 CDD: 823.0872

Aline Graziele Benitez – Bibliotecária – CRB-1/3129

Os pontos de vista desta obra são de responsabilidade de seu autor, não refletindo necessariamente a posição da HarperCollins Brasil, da HarperCollins Publishers ou de sua equipe editorial.

HarperCollins Brasil é uma marca licenciada à Casa dos Livros Editora LTDA.
Todos os direitos reservados à Casa dos Livros Editora LTDA.
Rua da Quitanda, 86, sala 218 — Centro
Rio de Janeiro, RJ — CEP 20091-005
Tel.: (21) 3175-1030
www.harpercollins.com.br

Capítulo 1

Tommy Beresford tirou o sobretudo no hall de entrada do apartamento. Pendurou-o com toda a calma, sem pressa. Pôs o chapéu no gancho ao lado.

Aprumou os ombros, firmou um sorriso resoluto no rosto e entrou na sala de estar, onde sua esposa tricotava uma balaclava de lã cáqui.

Era a primavera de 1940.

Mrs. Beresford lançou um olhar breve ao marido e continuou a tricotar em um ritmo furioso. Depois de algum tempo, perguntou:

— Alguma novidade nos jornais?

Tommy respondeu:

— Vai começar a Blitzkrieg, viva! As coisas vão mal na França.

Tuppence comentou:

— O mundo vai de mal a pior.

Houve um momento de silêncio, então Tommy falou:

— Por que não pergunta logo? Não precisa ser tão cheia de dedos.

— Eu sei — disse Tuppence — que o excesso de tato é irritante. Mas também tenho consciência de que você vai ficar irritado se eu perguntar. Em todo caso, não há nem *necessidade* de perguntar. Está na cara.

— Não sabia que eu tinha a cara do Dismal Desmond.

— Ora, meu querido — respondeu Tuppence. — Você entrou por aquela porta com o sorriso mais fingido que já vi. Foi de partir o coração.

Ainda com um enorme sorriso, Tommy perguntou:

— Foi tão ruim assim?

— Pior! Mas deixemos isso de lado. Nada feito?

— Nada. Não me querem em lugar algum. Eu lhe digo, Tuppence, é muito injusto quando um homem de 46 anos é tratado como um idoso gagá. Exército, Marinha, força aérea, relações exteriores, todos dizem o mesmo: estou velho demais. *Talvez* me chamem mais tarde.

— Sei bem como é. Não querem mulheres da minha idade trabalhando como enfermeira... Ah, não, muito obrigada. Nem para isso, nem para nada. Preferem aquelas moçoilas que nunca viram uma ferida na vida ou que nunca esterilizaram um curativo a mim, que trabalhei por três anos, de 1915 a 1918, exercendo diversas funções, de enfermeira cirúrgica à motorista de caminhonete e chofer de general. Tudo isso, posso garantir, com bastante eficiência. Agora, porém, não passo de uma pobre mulher cansada de meia-idade que se recusa a ficar tricotando quietinha em casa como deveria.

Desanimado, Tommy respondeu:

— Essa guerra é um inferno.

— Como se não bastasse a guerra — comentou Tuppence —, ainda nos obrigam a ficar de braços cruzados.

Tentando consolá-la, Tommy falou:

— Pelo menos Deborah conseguiu um trabalho.

A mãe de Deborah respondeu:

— Ah, sim, ela está bem. Acho que é boa no que faz. Mas ainda acredito, Tommy, que poderia me sair melhor que ela.

O marido sorriu.

— Penso que ela discordaria.

Tuppence disse:

— Filhas podem ser muito irritantes. Ainda mais quando são tão *gentis* com você.

Tommy sussurrou:

— Às vezes, também acho duro de engolir o jeito com que Derek me trata, cheio de cuidados comigo. Aquele olhar de "meu pobre e velho pai".

— Pois é — falou Tuppence, concordando —, por mais que nossos filhos sejam adoráveis, também são enervantes.

No entanto, ao falar dos gêmeos, Derek e Deborah, os olhos de Tuppence se encheram de ternura.

— Imagino — disse Tommy, pensativo — que seja sempre difícil para qualquer indivíduo perceber que está ficando velho e não tem mais serventia.

Tuppence bufou de raiva, jogou os cabelos escuros e sedosos para trás, fazendo o novelo de lã caqui rolar pelo chão de sala.

— Não ter mais serventia? Mas será que não temos *mesmo*? Ou será que é apenas o que as pessoas dizem? Ocasionalmente penso que nunca tivemos serventia alguma.

— É bem provável — disse Tommy.

— Entretanto, em algum momento da vida, nos sentimos importantes. E agora começo a achar que talvez tenha sido tudo uma ilusão. Será, Tommy? Será mesmo que você levou um golpe na cabeça e foi sequestrado por espiões alemães? Será que descobrimos o paradeiro de um criminoso perigoso... e conseguimos pegá-lo? Será verdade que resgatamos aquela moça e tivemos acesso a documentos secretos e fomos notoriamente cumprimentados por uma nação agradecida? Nós? Você e eu! Os desprezados e menosprezados Mr. e Mrs. Beresford.

— Acalme-se, querida. Essa raiva não lhe faz bem.

— Mesmo assim — disse Tuppence, piscando para reprimir as lágrimas —, fiquei bastante decepcionada com Mr. Carter.

— Ele nos mandou uma carta muito bonita.

— Mas não *fez* nada... nem nos ofereceu qualquer esperança.

— Bem, ele não tem mais nenhuma influência. Assim como nós. É um homem bem velho agora. Mora na Escócia e se dedica à pesca.

Com certa melancolia, Tuppence comentou:

— Podiam ao menos nos arrumar *alguma* coisinha no serviço secreto.

— Talvez não conseguíssemos — disse Tommy. — Talvez, hoje em dia, não tivéssemos mais coragem.

— Vai saber — respondeu Tuppence. — Continuo me sentindo a mesma. Mas, talvez, como você disse, quando chegasse no momento derradeiro... — Ela suspirou desanimada. — Queria apenas que arranjássemos alguma ocupação. É horrível ter tanto tempo para pensar.

Ela observou por um momento a fotografia de um jovem com o uniforme da força aérea que esbanjava um sorriso enorme tão parecido com o de Tommy.

Ele comentou:

— Para um homem é ainda pior. Afinal, as mulheres sabem tricotar... e embrulhar pacotes, e ajudar em cantinas.

A esposa retrucou:

— Posso fazer tudo isso daqui a vinte anos. Não sou velha o bastante para me contentar com tais tarefas. Não sou uma jovem nem uma idosa.

A campainha tocou. Tuppence foi atender. O apartamento era pequeno.

Ela abriu a porta e se deparou com um homem espadaúdo, de bochechas vermelhas e alegres e um bigode basto e louro.

Com um olhar enérgico, ele perguntou, em uma voz agradável:

— Mrs. Beresford?

— Sim?

— Meu nome é Grant. Sou amigo de Lorde Easthampton. Ele recomendou que eu fizesse uma visita à senhora e ao seu marido.

— Ah, que gentileza. Entre, por favor.

Ela o encaminhou até a sala de visitas.
— Este é meu marido... hã...
— Mister.
— Mr. Grant. Ele é amigo de Mr. Car... de Lorde Easthampton.

O antigo *nom de guerre* do ex-chefe do serviço secreto, Mr. Carter, sempre lhe vinha à memória antes de o verdadeiro cargo de seu velho amigo.

Os três conversaram animadamente por alguns minutos. Grant era um homem muito educado e bem-apessoado.

Tuppence saiu da sala e voltou com uma garrafa de xerez e três cálices.

Aproveitando um momento de silêncio, Mr. Grant se dirigiu a Tommy:

— Beresford, ouvi dizer que está em busca de trabalho.

Os olhos de Tommy se iluminaram de esperança.

— Sim, estou. Não me diga que...

Grant riu e balançou a cabeça.

— Ah, não, não é o que está pensando. Temo que esse tipo de serviço esteja a cargo de homens mais jovens... ou daqueles que já têm uma boa experiência no ramo. Infelizmente, tudo que tenho a oferecer são tarefas mais tediosas. Serviço burocráticos. Arquivamento. Secretariado e despacho de correspondência. Esse tipo de coisa.

Tommy ficou desanimado.

— Ah, compreendo.

Tentando encorajá-lo, Grant disse:

— Mas é melhor do que nada, não é mesmo? Apareça no meu escritório para conversamos melhor. Ministério do planejamento, sala 22. Vamos arrumar alguma coisa para você.

O telefone tocou. Tuppence atendeu.

— Alô... sim... *como?* — Uma voz estridente se inquietava do outro lado da linha. A feição da mulher mudou. — Quando? Ah, minha querida, é claro... Estou indo agora mesmo...

Ela pôs o telefone no gancho e se dirigiu a Tommy:

— Era Maureen.

— Imaginei... reconheci a voz daqui.

Tuppence, esbaforida, explicou:

— Sinto muito, Mr. Grant, mas preciso socorrer essa amiga. Ela caiu e torceu o tornozelo. Está sozinha em casa com a filha pequena, então preciso ir até lá ajeitar as coisas e encontrar alguém que possa cuidar dela. Peço desculpas.

— Claro, Mrs. Beresford, eu compreendo.

Tuppence sorriu, pegou um casaco que estava em cima no sofá, vestiu-o e saiu apressada, batendo a porta.

Tommy serviu outro cálice de xerez para o convidado e disse:

— Fique mais um pouco.

— Agradeço — respondeu Grant, aceitando a oferta. Deu um gole na bebida e ficou em silêncio. Então comentou: — De certa forma, sabe, foi bom sua esposa ter sido chamada para fora de casa. Economizará tempo.

Tommy ficou imóvel.

— Não entendi.

Com um tom deliberado, Grand respondeu:

— Veja bem, Beresford, se tivesse me procurado no ministério, eu poderia lhe fazer uma certa proposta.

Aos poucos, o rosto sardento de Tommy recobrou a cor.

— Quer dizer, então...

Grant assentiu.

— Easthampton o indicou — afirmou ele. — Falou que era o homem certo para a missão.

Tommy respirou fundo.

— Do que se trata?

— É estritamente confidencial, é claro.

Tommy assentiu.

— Nem sua esposa pode saber, compreende?

— Perfeitamente... se assim deseja. Mas eu e ela já trabalhamos juntos antes.

— Eu sei. Mas a proposta é apenas para você.

— Entendo. Tudo bem.

— Para todos os efeitos, você receberá uma oferta de trabalho, conforme expliquei antes... Serviços burocráticos em um setor do ministério que opera na Escócia, em uma área proibida onde sua esposa não poderá acompanhá-lo. Porém, na realidade, você estará em um lugar completamente diferente.

Tommy apenas aguardou.

Grant continuou:

— Já leu sobre a quinta-coluna nos jornais? Deve ter alguma ideia, mesmo que superficial, do que o termo significa.

Tommy sussurrou:

— Inimigos infiltrados.

— Exato. Essa guerra, Beresford, começou com um espírito otimista. Não me refiro às pessoas que tinham conhecimento dos fatos... Sempre soubemos o que estávamos enfrentando. Conhecíamos a eficácia do inimigo, o poder de sua força aérea, sua determinação ferrenha e a perfeita coordenação de sua máquina de guerra. Falo do povo. Dos cidadãos bem-intencionados, dos democratas atônitos que acreditam no que querem acreditar: que a Alemanha vai ceder, que está à beira da revolução, que seus armamentos são feitos de estanho e que seus soldados estão tão desnutridos que podem cair de fome durante a marcha... esse tipo de coisa. É o tal do pensamento positivo.

"Mas não foi assim que aconteceu. A guerra começou mal e ficou ainda pior. Os soldados até tiveram algum sucesso... na linha de frente das belonaves, dos aviões e das casamatas. Mas houve despreparo e má administração... defeitos constitutivos de nossas qualidades. Não queríamos entrar em guerra, não levamos a possibilidade a sério, não nos preparamos bem.

"O pior já passou. Corrigimos nossos erros e, aos poucos, estamos remanejando o pessoal, colocando os homens certos nos lugares certos. Começamos a conduzir a guerra da maneira correta e podemos vencê-la, sem dúvida... mas só se não a perdermos antes. E o perigo da derrota não vem de fora... não vem do poder dos bombardeios germânicos nem de sua tomada de países neutros e de novas bases de ataque. O perigo vem de dentro. Corremos o mesmo risco de Troia, com o cavalo de madeira em suas muralhas. Chame de quinta-coluna, se preferir. Está erigida aqui, entre nós. Homens e mulheres, alguns muito bem-posicionados, outros em funções obscuras, mas todos genuinamente fiéis aos propósitos nazistas, à doutrina nazista, e ávidos para implantar a severidade cabal de suas crenças nas brechas de nossas flexíveis e confusas instituições democráticas."

Grant se inclinou para a frente e disse, no mesmo tom de voz agradável e apático:

— *E não sabemos quem eles são...*

— Mas com certeza... — falou Tommy.

Grant retrucou, um pouco impaciente:

— É claro que podemos cercar os peixes pequenos. Isso é fácil. Mas me refiro aos outros. Sabemos quem são. Sabemos que pelo menos dois ocupam altos postos no almirantado, que um deles talvez seja integrante da equipe do General G, que há ainda três ou mais na força aérea, e que dois deles, no mínimo, trabalham no serviço secreto e têm acesso livre aos segredos do ministério. Obtemos essas informações a partir de acontecimentos que se deram nos últimos tempos. Um vazamento, um vazamento de informações de cima para baixo, direto para o inimigo, deixou o esquema claro.

Tommy respondeu, com tom desamparado e uma expressão perplexa no rosto amigável:

— Mas como eu poderia ser útil? Não conheço nenhuma dessas pessoas.

Grant assentiu.

— Exatamente. Você não as conhece... *e elas não conhecem você*.

Mr. Grant fez uma pausa para permitir que a informação fosse absorvida, então continuou:

— Essas pessoas, essas pessoas do alto escalão, conhecem quase todo o nosso pessoal. É difícil negar qualquer tipo de informação. E eu não sabia mais o que fazer. Portanto, procurei Easthampton. Ele está afastado de tudo... já é um homem debilitado... mas a cabeça está a pleno vapor. Ele pensou em você. Vinte anos se passaram desde que trabalhou no departamento. Um nome sem rastros. Um rosto desconhecido. O que me diz? Aceita?

Tommy abriu um sorriso tão eufórico que quase partiu seu rosto em dois.

— Se aceito? Pode apostar que sim. Embora ainda não tenha entendido como poderei ser útil. Sou apenas um maldito amador.

— Meu caro Beresford, o que mais precisamos agora é de um amador. Um profissional não seria útil neste caso. Você vai ocupar o cargo de um dos nossos melhores agentes, um homem que provavelmente jamais será superado.

Tommy fez uma expressão questionadora. Grant confirmou:

— Sim. Faleceu na última terça-feira, no Hospital St. Bridget's. Foi atropelado por um caminhão e sobreviveu por poucas horas. Foi um acidente... mas *não* foi um acidente.

— Compreendo — disse Tommy devagar.

Grant continuou, em voz baixa:

— E é por isso que achamos que Farquhar estava no caminho certo... que estava prestes a descobrir alguma coisa. Porque sua morte não foi um acidente.

Tommy estava intrigado.

Grant prosseguiu:

— Infelizmente, temos pouquíssimas informações sobre o que ele descobriu. Farquhar vinha seguindo diversas pistas de maneira muito metódica. A maioria não levou a lugar algum.

Grant fez uma breve pausa antes de continuar:

— Farquhar estava inconsciente até poucos minutos antes de morrer. Mas tentou dizer uma frase. Foi: "M ou N. Som Susie."

— Bom — comentou Tommy —, não me parece muito revelador.

Grant sorriu.

— É um pouco mais do que você imagina. Veja, já ouvimos falar de M ou N antes. Diz respeito a dois importantes e confiáveis agentes alemães. Tomamos conhecimento de seu trabalho em outros países e sabemos pequenos detalhes sobre os dois. A missão deles é organizar a quinta-coluna em países estrangeiros e atuar como agentes intermediários entre a nação em questão e a Alemanha. Temos certeza de que N é um homem e M é uma mulher. No mais, sabemos apenas que são dois agentes de confiança de Hitler e que, em uma mensagem que tentamos decodificar no início da guerra, houve a ocorrência da seguinte frase: *Sugiro M ou N para a Inglaterra. Plenos poderes...*

— Compreendo. E Farquhar...

— A meu ver, Farquhar devia estar na cola de um deles. Infelizmente, não sabemos *qual*. Som Susie parece mais enigmático, mas Farquhar não tinha um sotaque francês de alto padrão! Havia um bilhete de volta para Leahampton em seu bolso, o que é sugestivo. Leahampton fica na costa Sul, um projeto de Bournemouth ou Torquay, amontoada de hotéis, pousadas e pensões. Entre elas, uma tal de *Sans Souci...*

Tommy repetiu as palavras:

— Som Susie... Sans Souci... entendi.

— Entendeu? — perguntou Grant.

— A ideia é que — disse Tommy — eu vá até lá e, bem, dê uma sondada.

— A ideia *é* essa.

Tommy deixou escapar outro sorriso.

— Um pouco vago, não acha? Nem sei o que estou procurando.

— E não posso lhe informar. Porque também não sei. Isso é com você.

Tommy respirou fundo e aprumou os ombros.

— Posso tentar. Mas não sou um sujeito muito intelectual.
— Ouvi dizer que você fazia um ótimo trabalho nos velhos tempos.
— Ah, era pura sorte — falou Tommy, de impulso.
— Bem, é exatamente de sorte que precisamos.
Tommy ponderou, então falou:
— E esse lugar, Sans Souci...
Grant deu de ombros.
— Talvez não tenha importância alguma. Não sei dizer. Farquhar poderia estar apenas pensando naquela famosa música da Primeira Guerra, "Sister Susie Sewing Shirts for Soldiers". É tudo suposição.
— E Leahampton?
— Igual a todas as cidades costeiras. Temos muitas delas. Velhinhas, coronéis aposentados, solteironas convictas, clientes suspeitos, fregueses duvidosos, um ou outro estrangeiro. Um balaio de gato.
— E M ou N estão nesse balaio?
— Não necessariamente. Talvez seja alguém que tenha alguma ligação com M ou N. O mais provável, porém, é que eles mesmos estejam por lá. É um lugar discreto, uma pensão dentro de um resort à beira-mar.
— Você não faz ideia se devo ir atrás de um homem ou de uma mulher?
Grant balançou a cabeça.
— Bem, só me resta tentar — falou Tommy.
— Boa sorte na busca, Beresford. Agora, sobre os detalhes...

Meia hora depois, quando Tuppence chegou em casa ofegante e morta de curiosidade, Tommy estava sozinho, sentado em uma poltrona, assobiando com expressão hesitante.
— Então? — perguntou Tuppence, despejando uma infinidade de sentimentos naquela única palavra.

— Bem — respondeu Tommy, com um ar reticente —, arranjei um emprego... mais ou menos.
— Qual?
Tommy fez uma careta.
— Um serviço burocrático na Escócia. Confidencial e blá-blá-blá, mas não me parece muito emocionante.
— Para nós dois ou só para você?
— Só para mim, infelizmente.
— Maldito seja. Como Mr. Carter pode ser *tão* sovina?
— Imagino que haja segregação sexual nesse tipo de emprego. Para não causar distrações.
— Codificação... ou decodificação? É parecido com o trabalho de Deborah? Toma cuidado, Tommy, as pessoas ficam estranhas fazendo esse tipo de coisa, não conseguem mais dormir e passam as noites andando por aí, resmungando e repetindo 978345286 ou algo assim, até que têm um colapso nervoso e vão parar em manicômios.
— Pode deixar.
Tuppence continuou, pesarosa:
— Mais cedo ou mais tarde, acontecerá com você. Eu poderia ir junto... não para trabalhar, mas apenas no papel de esposa? Colocar seus chinelos na frente da lareira e preparar uma comida quentinha no fim do dia?
Tommy ficou desconfortável.
— Perdão, meu amor. Odeio deixá-la sozinha...
— Mas é seu dever ir — murmurou Tuppence, reminiscente.
— Afinal — disse Tommy, com a voz fraca —, você pode tricotar.
— Tricotar? — repetiu Tuppence. — *Tricotar?*
Ela catou a balaclava e arremessou-a no chão.
— Odeio lã cáqui — reclamou Tuppence —, *e* lã azul-marinho, *e* lã azul-real. Quero tricotar em *magenta*!
— Essa palavra tem um quê militar — comentou Tommy.
— Parece um prenúncio da Blitzkrieg.

Ele se sentia infeliz com a partida. Tuppence, entretanto, era uma espartana e sabia disfarçar bem, enfatizando que era claro que o marido deveria aceitar o emprego e que *não* devia se preocupar com ela. Ela disse que estavam precisando de alguém para limpar o chão do pronto-socorro e que talvez fosse aceita para a vaga.

Três dias depois, Tommy partiu para Aberdeen. Tuppence o acompanhou até a estação de trem. Estava com os olhos marejados e piscou algumas vezes, mas manteve a expressão animada.

Foi apenas quando o trem se afastou da estação, e Tommy avistou a pequena figura desamparada descendo a plataforma, que ele sentiu um nó na garganta. Com guerra ou sem guerra, sentia-se como se estivesse desertando de Tuppence...

Porém, com certo esforço, conseguiu se recompor. Ordens eram ordens, afinal.

No dia seguinte à sua chegada à Escócia, pegou um trem para Manchester. No terceiro dia, o trem deixou-o em Leahampton. Encaminhou-se para o principal hotel da cidade e, um dia depois, foi conhecer todos os hoteizinhos e todas as pensões, avaliando quartos e preços para uma estadia longa.

Sans Souci era um casarão vitoriano carmim na encosta de uma colina, com uma bela vista para o mar das janelas superiores. O hall cheirava ligeiramente a poeira e gordura, e o carpete estava gasto, mas parecia ótimo em comparação aos outros estabelecimentos visitados por Tommy. Ele conversou com a proprietária, Mrs. Perenna, em seu escritório, um cômodo bagunçado com uma mesa atulhada de papéis soltos.

Mrs. Perenna também tinha uma aparência bagunçada, uma mulher de meia-idade com uma juba preta cacheada, maquiagem apressada e um sorriso determinado cheio de dentes branquíssimos.

Tommy mencionou sua prima mais velha, Miss Meadowes, que passara uma temporada ali na Sans Souci anos antes.

Mrs. Perenna se lembrava bem de Miss Meadowes, uma velhinha adorável — ou talvez nem tão velha assim — muito enérgica e com grande senso de humor.

Tommy assentiu, cuidadoso. Sabia que existia uma Miss Meadowes real; o departamento fora muito meticuloso nesses aspectos.

— E como vai a querida Miss Meadowes?

Tommy explicou que, infelizmente, Miss Meadowes havia falecido, e Mrs. Perenna estalou a língua com pesar, emitiu todos os ruídos adequados e demonstrou a feição correta de luto.

Porém, ela logo retomou seu tom eloquente. Afirmou ter um quarto perfeito para lhe oferecer, com uma bela vista para o mar. Achava que ele fizera muito bem em sair um pouco de Londres. Um lugar bastante deprimente hoje em dia, pelo que ela ouvira falar, ainda mais depois da forte epidemia de gripe...

Tagarelando sem parar, Mrs. Perenna guiou Tommy até o andar de cima para lhe mostrar várias opções de quarto. Mencionou o valor da estadia semanal. Tommy demonstrou desânimo. Mrs. Perenna explicou que os preços estavam nas alturas. Tommy retrucou que sua renda havia diminuído e com os impostos e tudo mais...

Mrs. Perenna resmungou:

— É essa guerra devastadora...

Tommy concordou e disse que, na opinião dele, Hitler deveria ir para a forca. Um louco, era isso que ele era, um louco.

Mrs. Perenna concordou e falou sobre o racionamento e a dificuldade dos açougueiros de encontrar a carne que queriam: havia demais em alguns dias e, em outros, o miúdo e o fígado praticamente acabavam, e que tudo isso dificultava demais a vida doméstica, mas como ele era primo de Miss Meadowes, ela faria um desconto de meio guinéu.

Tommy bateu em retirada com a promessa de pensar na proposta, mas Mrs. Perenna o seguiu até o portão do casarão, falando pelos cotovelos e demonstrando um atrevimento que ele achou deveras preocupante. Sem dúvida ela era uma mulher bonita, de um jeito peculiar. Ponderou qual seria sua nacionalidade. Podia apostar que não era inglesa. O nome parecia indicar ascendência espanhola ou portuguesa, mas talvez fosse o sobrenome no marido, não o dela. Talvez fosse irlandesa, pensou ele, embora não tivesse sotaque. Mas justificaria sua vitalidade e exuberância.

Por fim, foi combinado que Mr. Meadowes se mudaria no dia seguinte.

Tommy agendou a entrada para as dezoito horas. Mrs. Perenna o recebeu no hall e deu inúmeras instruções sobre a bagagem a uma arrumadeira com cara de idiota, que encarou Tommy com a boca aberta e o conduziu para o que ela chamava de saguão.

— Sempre apresento meus hóspedes — disse Mrs. Perenna, com um sorriso cheio de confiança diante dos olhares desconfiados de cinco pessoas. — Mrs. O'Rourke, esse é o novo morador, Mr. Meadowes.

Uma mulher gigantesca de olhinhos pretos e bigode abriu um sorriso radiante para ele.

— Este é o Major Bletchley.

O homem mediu Tommy de cima a baixo e fez um aceno rígido com a cabeça.

— Mr. Von Deinim.

Um rapaz sério, loiro e de olhos azuis se levantou e fez uma reverência.

— Miss Minton.

Uma senhora cheia de colares, tricotando em lã cáqui, sorriu e deu um risinho.

— E Mrs. Blenkensop.

Mais tricô... A mulher desviou o olhar absorto de uma balaclava cáqui e levantou a cabeleira preta desgrenhada.

Tommy ficou sem ar, a sala girou.

Mrs. Blenkensop! Tuppence! Parecia impossível e inacreditável... Tuppence, tricotando tranquilamente no saguão da Sans Souci.

Ela olhou para Tommy... com a expressão educada e indiferente de uma desconhecida.

Tommy ficou admirado.

Tuppence!

Capítulo 2

Nem Tommy sabe dizer como passou aquela noite. Sequer ousou olhar de relance para Mrs. Blenkensop. Na hora do jantar, apareceram outros *habitués* da Sans Souci... um casal de meia-idade, Mr. e Mrs. Cayley, e uma mãe bem jovem, Mrs. Sprot, que chegara de Londres com a filhinha e estava nitidamente entediada com a estadia forçada em Leahampton. Sentou-se ao lado de Tommy e, vez ou outra, o encarava com seus olhos verde-claros, até que perguntou, em um tom de voz anasalado:

— O senhor não acha que já está mais seguro agora? Todo mundo está voltando, não?

Antes que Tommy pudesse responder a essas perguntas simplórias, a senhora dos colares, sentada do outro lado, interveio:

— Não acho correto correr riscos quando há uma criança envolvida na história. Sua doce e pequena Betty. Você nunca vai se perdoar se algo acontecer a ela, e sabe que Hitler disse que logo vai começar a Blitzkrieg na Inglaterra... e acho que usarão um novo tipo de gás.

O Major Bletchley não deixou por menos:

— É um disparate tudo isso que falam sobre gás. Esses sujeitos não vão perder tempo com gás. Vão investir em explosivos e bombas. Como fizeram na Espanha.

A mesa inteira se animou e entrou na discussão. A voz de Tuppence, agora estridente e bastante tola, se intrometeu:

— Douglas, meu filho, diz que...

"Douglas. Essa é boa", pensou Tommy. "Por que Douglas?"

Depois do jantar, uma sucessão pretensiosa de pratos minúsculos e igualmente sem gosto, os hóspedes foram para o saguão. As tricoteiras retomaram seu trabalho, e Tommy foi obrigado a ouvir um relato longuíssimo e entediante das experiências do Major Bletchley na fronteira noroeste.

O rapaz loiro de olhos azuis se recolheu com uma breve mesura na soleira da porta.

O Major Bletchley interrompeu seu relato e deu um cutucão na costela de Tommy.

— Aquele rapaz que acabou de sair é um refugiado. Saiu da Alemanha um mês antes da guerra.

— Ele é alemão?

— Sim. Mas não é judeu. O pai se encrencou ao criticar o regime nazista. Dois irmãos dele estão presos em um campo de concentração. Ele conseguiu escapar bem a tempo.

Nesse momento, Mr. Cayley se apossou de Tommy e resolveu lhe contar o drama interminável de sua saúde. O assunto era tão interessante para seu narrador que já era quase hora de dormir quando Tommy conseguiu escapar.

Na manhã seguinte, ele acordou cedo e caminhou até a costa. Deu um pulo no píer e, enquanto retornava pela esplanada, notou uma figura conhecida vindo em sua direção. Tommy levantou o chapéu e cumprimentou, com simpatia:

— Bom dia... hã... Mrs. Blenkensop, certo?

Não havia mais ninguém ao redor. Tuppence respondeu:

— Para você é Dra. Livingstone.

— Como veio parar aqui, Tuppence? — sussurrou Tommy.

— É um milagre... um verdadeiro milagre.

— Milagre nenhum... só inteligência.

— Sua inteligência?

— Exatamente. Você e aquele arrogante do Mr. Grant. Espero que isso sirva de lição a ele.

— Será uma lição e tanto — falou Tommy. — Mas conte-me, Tuppence, como conseguiu chegar até aqui? Estou morrendo de curiosidade.

— Foi bastante simples. No momento em que Grant mencionou Mr. Carter, supus do que se tratava. Sabia que não seria um empreguinho burocrático qualquer. No entanto, percebi pelo jeito dele que eu ficaria fora do negócio. Então resolvi mexer meus pauzinhos. Quando fui à cozinha pegar a garrafa de xerez, desci ao apartamento dos Brown e telefonei para Maureen. Pedi para ela me telefonar de volta e passei o que deveria dizer. Ela foi solícita e aceitou... Usou uma bela voz estridente para que pudessem ouvir do outro lado da linha. Fiz também o meu papel, a cara de preocupação, a ansiedade, a amiga aflita, e saí, atormentada, para ajudá-la. Bati a porta, mas permaneci dentro do hall, segui com cuidado para o quarto e entreabri a porta que fica atrás da cômoda.

— E escutou toda a conversa?

— Todinha — respondeu Tuppence, satisfeita.

Em tom de censura, o marido perguntou:

— E não me disse nada?

— Claro que não. Queria lhe dar uma lição. Ensinar uma coisinha para você e esse seu Mr. Grant.

— Ele não é *meu* Mr. Grant, mas admito que você lhe deu uma lição.

— Mr. Carter não teria me tratado com tamanho descaso — comentou Tuppence. — Acho que o serviço secreto não é mais como em nossa época.

Em tom solene, Tommy afirmou:

— Mas vai recuperar o brilho agora que voltamos à ativa. Por que Blenkensop?

— Por que não?

— É um nome curioso.

· M OU N? ·   **23**

— Foi o primeiro que pensei e, com ele, as roupas íntimas não levantarão suspeitas.

— Como assim, Tuppence?

— B, seu tolo. B de Beresford. B de Blenkensop. O bordado nas minhas roupas íntimas. Patricia Blenkensop. Prudence Beresford. Por que você escolheu Meadowes? É um nome simplório.

— Para início de conversa — falou Tommy —, eu não tenho um B enorme bordado em minhas ceroulas. Tampouco escolhi esse nome. Fui instruído a me apresentar assim. Mr. Meadowes é um cavalheiro de histórico respeitável... o qual tive que decorar.

— Muito bem — respondeu Tuppence. — E você é casado ou solteiro?

— Viúvo — informou Tommy, com distinção. — Minha esposa morreu há dez anos, em Singapura.

— Por que em Singapura?

— Todos vão morrer em algum lugar algum dia. Qual é o problema com Singapura?

— Ah, nenhum. Talvez seja um belo lugar para morrer. Eu sou viúva.

— Onde seu marido morreu?

— Que diferença faz? Provavelmente em um asilo. Acho que foi de cirrose hepática.

— Entendo. Uma morte dolorosa. E seu filho Douglas?

— Douglas está na Marinha.

— Pois é, você contou ontem.

— Mas tenho outros dois filhos. Raymond está na força aérea, e Cyril, meu bebê, trabalha no Ministério da Defesa.

— E se alguém resolver investigar todos esses Blenkensop imaginários?

— Eles não têm esse sobrenome. Blenkensop era de meu segundo marido. O sobrenome de meu primeiro marido era Hill. Há três páginas de famílias Hill na lista telefônica. Não seria possível checar todos nem se quisessem.

Tommy suspirou.

— Esse é o problema com você, Tuppence. Você exagera. Dois maridos e três filhos. É informação demais, detalhes demais. Vai acabar se contradizendo.

— Não vou, nada. E acho que os filhos ainda me podem me ser úteis. Lembre-se de que não estou seguindo ordens de ninguém. Sou autônoma. Entrei nessa para me divertir, e é isso que vou fazer.

— Estou vendo — disse Tommy, e confessou: — Se quer saber, acho que essa história toda é uma farsa.

— Por que pensa assim?

— Ora, você está na Sans Souci há mais tempo do que eu. Consegue afirmar honestamente que alguma das pessoas presentes no jantar de ontem à noite possa ser um perigoso agente inimigo?

Tuppence refletiu e respondeu:

— De fato parece inacreditável. Tirando o rapaz, é claro.

— Carl von Deinim. Mas a polícia investiga os refugiados, não?

— Imagino que sim. Não é impossível, no entanto. Ele é um rapaz muito bonito, sabe?

— Quer dizer que as moças revelariam informações por isso? Mas que moças? Não vi nenhuma filha de general ou de almirante por aqui. Vai ver ele está romanticamente envolvido com algum comandante do Exército.

— Tenha dó, Tommy. Não estamos aqui para brincadeiras.

— Falo sério. Só sinto que nos metemos em uma missão impossível.

Em tom sincero, Tuppence respondeu:

— É cedo demais para afirmar. Afinal, nada será óbvio neste caso. E Mrs. Perenna?

— Pois é — respondeu Tommy, reflexivo. — Ainda temos Mrs. Perenna. Admito que... é bom ficar de olho nela.

Incorporando um tom de voz profissional, Tuppence falou:

— E nós dois? Como podemos cooperar?

— Acho que não devemos ser vistos juntos muitas vezes — disse Tommy, pensativo.

— Claro, levantar a possibilidade de que nos conhecemos seria fatal. Mas acho que podemos combinar um modo de agir. Penso... sim, penso que a sedução seja o melhor caminho.

— Sedução?

— Exato. Vou tentar seduzi-lo. Você vai fazer de tudo para escapar, mas, sendo um mero cavalheiro, nem sempre será capaz. Já fui casada duas vezes e estou em busca do terceiro marido. Você faz o papel de viúvo perseguido. De tempos em tempos, vou tentar encurralá-lo em algum lugar, encontrá-lo por acaso em um café, em uma caminhada até a costa. Todo mundo vai zombar e achar a situação deveras engraçada.

— Parece viável — comentou Tommy.

— Na história das comédias, sempre existiu o papel do homem perseguido por uma mulher. Isso vai facilitar os nossos encontros. Quando formos vistos juntos, as pessoas vão rir e comentar: "Lá vai o coitado do Meadowes."

Tommy segurou o braço da esposa de repente.

— Olhe. Ali na frente.

Na esquina, um rapaz conversa com uma moça. Os dois estavam muito concentrados, envolvidos no assunto.

— É Carl von Deinim. Quem será a moça? — cochichou Tuppence.

— Seja quem for, é belíssima.

Tuppence concordou. Examinou com cuidado o rosto moreno e intenso da jovem, assim como o pulôver justo que revelava suas curvas femininas. Ela falava sério, com ênfase. Carl von Deinim apenas ouvia.

Então Tuppence murmurou:

— Acho que é melhor você se se retirar.

— Sim — afirmou Tommy.

Ele deu as costas e caminhou na direção oposta.

No fim da esplanada, encontrou o Major Bletchley, que o observou com desconfiança antes de resmungar:

— Bom dia.
— Bom dia.
— Você é dos meus, acorda cedo — comentou Bletchley.
— Aprendi quando morei no Oriente. Claro que já faz muito tempo, mas não perdi o hábito.
— Faz bem — disse o Major Bletchley. — Meu Deus, não entendo esses jovens de hoje em dia. Tomam banho quente de banheira, descem para o café da manhã às dez horas ou até mais tarde. É por isso que os alemães estão levando a melhor sobre nós. Não temos mais vigor. Um bando de cordeirinhos. O Exército não é mais como era antigamente. Agora os soldados são mimados. São postos para dormir com bolsinhas de água quente. Inadmissível! Isso me deixa transtornado!

Tommy assentiu com pesar, encorajando Major Bletchley a prosseguir:

— Disciplina, é disso que precisamos. Disciplina. Como ganharemos a guerra sem disciplina? Pois veja o senhor que hoje em dia alguns soldados vão marchar de calça de sarja, ou pelo menos foi o que ouvi dizer. Ninguém ganha uma guerra dessa maneira. Calça de sarja! Meu Deus!

Mr. Meadowes arriscou dizer que as coisas não eram mais como antigamente.

— Tudo culpa da democracia — afirmou o Major Bletchley, com pesar. — Exageram em tudo. Na minha opinião, estão exagerando nessa história de democracia. Imagine o senhor que agora soldados almoçam juntos com os oficiais no refeitório... Um absurdo! Os soldados não gostam, Meadowes. As tropas têm noção. As tropas sempre têm noção.

— É claro — concordou Mr. Meadowes. — Mas confesso que não tenho conhecimento pessoal dos assuntos do Exército...

O major o interrompeu, relanceando para os dois lados.

— Não serviu na última guerra?
— Ah, servi, claro.
— Pois então. Foi o que imaginei. Pela postura dos ombros. Qual regimento?

· M OU N? ·   **27**

— Quinto Corfeshires — respondeu Tommy, lembrando-se de reproduzir o histórico militar de Meadowes.

— Ah, sim, Tessalônica!

— Exato.

— Eu estive na Mesopotâmia.

Bletchley emburacou nas recordações. Tommy escutou com educação. O major terminou a história em tom efusivo:

— E agora vão me dar alguma serventia? Não, fui deixado de lado. Estou velho demais. Os velhos que se danem. Eu poderia dar umas boas lições de guerra a esses rapazotes.

— Mesmo que seja apenas sobre o que não deve ser feito, certo? — sugeriu Tommy, com simpatia.

— Como?

Claramente, senso de humor não era o forte do Major Bletchley. Ele olhou para o outro com desconfiança. Tommy se apressou para mudar o rumo da conversa.

— Sabe alguma coisa sobre... Mrs. Blenkensop? Acho que é esse o nome dela.

— Sim, é esse mesmo, Blenkensop. Não é feia, só um pouco dentuça, e fala pelos cotovelos. Agradável, mas tonta. Não, não a conheço. Chegou na Sans Souci faz poucos dias. Por quê?

— Acabei de encontrar com ela por acaso. Será que é matutina como nós?

— Não sei dizer. Mas em geral as mulheres não fazem caminhadas antes do café da manhã... graças a Deus.

— Amém — respondeu Tommy. — Não sou muito bom em conversa fiada logo cedo. Espero não ter sido rude com ela, mas queria fazer meu exercício.

O Major Bletchley demonstrou compaixão instantânea.

— De acordo, Meadowes, de acordo. As mulheres têm sua serventia, mas só depois do café da manhã. — Então deu uma risadinha. — Mas tome cuidado, meu caro. Ela é viúva.

— É mesmo?

O major lhe deu um cutucão bem-humorado nas costelas.

— *Nós* sabemos do que as viúvas são capazes. Ela enterrou dois maridos e posso garantir que está em busca do terceiro. Fique de olhos abertos, Meadowes. Esse é meu conselho. Fique de olhos abertos.

De ótimo humor, o Major Bletchley deu meia-volta e seguiu a passos rápidos em direção ao café da manhã da Sans Souci.

Nesse ínterim, Tuppence prosseguira calmamente com seu passeio pela esplanada, dando uma passada perto do local onde o jovem casal conversava e pescando algumas palavras. A moça dizia:

— Tome cuidado, Carl. A menor suspeita pode...

Tuppence não conseguiu ouvir mais. Palavras sugestivas? Sim, mas abertas a diversas interpretações inofensivas. Discretamente, ela deu meia-volta. Pescou outras palavras.

— Ingleses presunçosos, odiosos...

Mrs. Blenkensop arqueou as sobrancelhas. Carl von Deinim era um refugiado da perseguição nazista, recebido e abrigado pela Inglaterra. Achou o comentário besta e ingrato.

E deu uma terceira volta. Mas, antes que conseguisse se aproximar, o casal se dispersou de maneira repentina: a moça atravessou a rua para longe da orla e Carl von Deinim seguiu na direção de Tuppence.

Não fosse pela pausa e hesitação da mulher, talvez ele não a tivesse reconhecido. Mas logo bateu os calcanhares e fez uma reverência.

Com uma risadinha, Tuppence respondeu:

— Bom dia, Mr. Von Deinim. Mas que bela manhã, não?

— Ah, sim. Tempo firme.

— Não resisti a dar um passeio. Não tenho o costume de sair antes do café da manhã, mas hoje cedo, como não tinha conseguido dormir direito... É difícil dormir bem em um lugar desconhecido. Preciso de um ou dois dias para me acostumar.

— Sim, não há dúvida.

— E confesso que essa caminhadinha abriu meu apetite.

— A senhora vai para a Sans Souci agora? Se permitir, eu a acompanho. — E se pôs a escoltá-la.

— Também veio caminhar para abrir o apetite?

Ele fez que não com a cabeça, resoluto.

— Ah, não. O café da manhã já tomei. Vou ao trabalho.

— Trabalho?

— Sou pesquisador químico.

"Ora, vejam só", pensou Tuppence, olhando o rapaz de relance.

Carl von Deinim prosseguiu, com a voz firme:

— Vim à Inglaterra para fugir de perseguição nazista. Tinha pouco dinheiro. Nenhum amigo. Agora faço o que pode ser útil.

Ele olhava fixo para a frente. Tuppence sentiu que o rapaz era impulsionado por uma torrente de sentimentos poderosos. Respondeu com um murmúrio vago:

— Ah, sim, compreendo. Muito digno de sua parte.

— Meus irmãos estão em campos de concentração. Meu pai morreu em um. E minha mãe morreu de medo e tristeza — contou ele.

Tuppence pensou: "O jeito como ele fala... como se tivesse decorado um texto."

Ela lhe lançou outro olhar breve. Ele ainda encarava o horizonte, impassível.

Caminharam em silêncio por alguns momentos. Dois homens passaram, e um deles deu uma boa olhada em Carl. Ela ouviu quando ele murmurou para o outro:

— Aposto que aquele sujeito é alemão.

Tuppence notou o rosto de Carl von Deinim ficar vermelho.

De repente, ele perdeu a calma. A torrente de sentimentos represados veio à tona. Ele gaguejou:

— A senhora ouviu... ouviu... É isso que dizem... eu...

— Meu caro — disse Tuppence, assumindo de repente sua verdadeira personalidade. Seu tom de voz foi claro e enfático. — Não seja bobo. Não se pode ter tudo.

Ele a encarou.

— O que quer dizer?

— Você é um refugiado. Precisa ver o lado bom das coisas. Está vivo, isso é o principal. Vivo e livre. Quanto a eles... entenda, é inevitável. O país está em guerra. Você é alemão.

— Ela abriu um sorriso. — Não pode esperar que um homem qualquer que passa na rua, literalmente um desconhecido, saiba distinguir os alemães bons dos maus, se me permite a honestidade.

Ele continuou a encará-la. Seus olhos, tão azuis, estavam repletos de emoção reprimida. Então ele também sorriu.

— Falam sobre os índios americanos, não falam, que um índio bom é um índio morto. Para ser um bom alemão, preciso chegar na hora no trabalho. Por favor. Bom dia.

Fez mais uma mesura tensa. Tuppence o observou enquanto ele batia em retirada, então disse para si mesma:

— Mrs. Blenkensop, a senhora cometeu um lapso. Mais atenção da próxima vez. Agora, hora do café.

A porta do saguão da Sans Souci estava aberta. Do lado de dentro, Mrs. Perenna travava uma conversa enérgica com alguém.

— Pois diga a ele o que achei da última remessa de margarina. É melhor comprar o presunto cozido no Quillers, estava *twopence* mais barato da última vez. E atenção aos repolhos...

Ela se interrompeu quando Tuppence entrou.

— Ora, bom dia, Mrs. Blenkensop. A senhora acordou com as galinhas. Mas ainda não tomou café da manhã. A mesa está posta no salão de refeições. — Então adicionou, apontando para a desconhecida: — Essa é minha filha, Sheila. Vocês ainda não se conheceram. Ela estava fora, retornou ontem à noite.

Tuppence olhou com interesse para o rosto belo e vívido. A energia trágica de antes fora substituída por tédio e ressentimento. "Minha filha, Sheila." Sheila Perenna.

Tuppence a cumprimentou com alguns murmúrios educados e foi para o salão de refeições. Três pessoas tomavam o desjejum: Mrs. Sprot e sua filhinha e a grande Mrs. O'Rourke. Tuppence deu bom dia, e Mrs. O'Rourke respondeu com um caloroso "Tenha uma excelente manhã" que abafou a saudação mais anêmica de Mrs. Sprot.

A mulher mais velha encarou Tuppence com um interesse devorador.

— A melhor coisa é caminhar pela manhã — comentou. — Abre o apetite.

— Leite com pão é *gostoso*, querida — dizia Mrs. Sprot para a filha, esforçando-se para enfiar uma colher na boca de Miss Betty Sprot.

Betty escapou da tentativa da mãe com um ágil movimento de cabeça e continuou a encarar Tuppence com os grandes olhos redondos.

Apontou o dedo sujo de leite para a recém-chegada, abriu um sorriso encantado e comentou em tom gorgolejante:

— Gagá-bu.

— Ela gosta da senhora — disse Mrs. Sprot, olhando para Tuppence com um sorriso radiante de aprovação. — Normalmente ela fica tímida com estranhos.

— Bu — disse Betty Sprot. E adicionou, com ênfase: — Ah puf ah bé.

— O que ela quer dizer? — perguntou Mrs. O'Rourke, interessada.

— Ela ainda não aprendeu a falar direito — confessou Mrs. Sprot. — Tem só 2 aninhos. Acho que a maioria do que ela diz não faz sentido. Mas sabe falar "mamãe", não é, filha?

Betty, pensativa, olhou para a mãe e concluiu:

— Bilico dil.

— Esses anjinhos têm uma língua própria — retumbou Mrs. O'Rourke. — Betty, querida, fale "mamãe".

Betty olhou fixo para Mrs. O'Rourke, franziu a testa e afirmou, com ênfase impressionante:

— Nazer...

— Veja só, ela está tentando! Que amor de menina.

Mrs. O'Rourke se levantou, sorriu para Betty de maneira feroz, e saiu da sala bamboleando pesadamente.

— Ga, ga, ga — disse Betty, muito satisfeita e batucando na mesa com a colher.

Tuppence, de imediato, assuntou:

— O que "nazer" quer dizer?

Mrs. Sprot, corada de vergonha, respondeu:

— Temo que seja o que Betty diz quando não gosta de alguém ou de alguma coisa.

— Foi o que imaginei — respondeu Tuppence.

As duas riram.

— Afinal — explicou Mrs. Sprot —, Mrs. O'Rourke tenta ser gentil, mas é uma pessoa alarmante demais, com seu vozeirão, e seu bigode, e tudo o mais.

Betty jogou a cabeça para o lado e fez um barulhinho para Tuppence.

— Ela gostou mesmo de você, Mrs. Blenkensop — comentou Mrs. Sprot.

Tuppence sentiu um leve tremor de ciúme na voz da mulher mais jovem. Então tratou de contornar a situação.

— As crianças adoram um rosto novo, não acha? — falou em tom tranquilo.

Pela porta, entraram Tommy e o Major Bletchley. Tuppence partiu para o ataque:

— Ah, Mr. Meadowes! — exclamou. — Viu, ganhei a corrida. Primeiro lugar. Mas guardei um *pouquinho* de café da manhã para você!

Com um gesto lânguido, ela apontou o assento ao seu lado. Tommy, em um murmúrio vago, respondeu:

— Ah, é claro, obrigado. — E sentou-se do outro lado da mesa.

Betty Sprot disse "Puft!", espirrando leite no Major Bletchley, que na mesma hora assumiu uma expressão envergonhada, ainda que encantada.

— E como vai nossa pequena bebê hoje? — perguntou com a voz afetada. — Bebê-ê! — Ele fez uma brincadeira de se esconder atrás do jornal.

Betty deu gritinhos de empolgação.

Já Tuppence ficou apreensiva. Pensou: "Não é possível. Deve haver algum engano. Não *pode* haver nada acontecendo por aqui. Não é possível!"

Acreditar que Sans Souci poderia ser o quartel-general da quinta-coluna exigia a capacidade mental da Rainha Branca das histórias de *Alice*.

Capítulo 3

Sentada na varanda coberta, Miss Minton tricotava.

Magra e angulosa, ela vestia um suéter azul-celeste que ressaltava seu pescoço fino, envolto em correntes e colares de contas. Sua saia era de tweed e se curvava para dentro na parte de trás. Ela saudou Tuppence com vivacidade.

— Bom dia, Mrs. Blenkensop. Espero que tenha dormido bem.

Mrs. Blenkensop confessou que nunca conseguia dormir bem nas primeiras noites que passava em uma cama diferente. Miss Minton comentou que aquilo era curioso, pois o mesmo também acontecia com *ela*.

Mrs. Blenkensop disse:

— Que coincidência. E que belo ponto de tricô.

Miss Minton, corada de alegria, exibiu seu trabalho. Sim, era mesmo um ponto incomum, mas também bastante simples. Poderia ensinar a Mrs. Blenkensop como fazê-lo, se fosse do interesse dela. Ah, que gentileza da parte de Miss Minton, mas Mrs. Blenkensop era meio tonta, não tinha muita habilidade com o tricô, ao menos não para seguir moldes e padrões. Só conseguia fazer peças simples, como balaclavas, e, ainda assim, temia que estivesse fazendo tudo errado. De algum modo, não parecia *certo*.

Miss Minton examinou a teia cáqui com seu olhar de especialista. De forma gentil, apontou o erro. Tuppence lhe entregou o tricô, agradecida. Miss Minton exalava bondade e estímulo. Imagina, não dava trabalho nenhum. Ela já tricotava havia muitos anos.

— Antes desta guerra pavorosa, eu nunca tinha tricotado — confessou Tuppence. — Mas nos sentimos tão mal que precisamos nos distrair com *alguma coisa*.

— Ah, sem dúvida. E você tem um filho na Marinha, não tem? Acho que a ouvi dizer isso ontem à noite.

— Sim, meu mais velho. Um rapaz magnífico... embora, como mãe, eu seja suspeita para falar. Tenho também um filho na força aérea, e outro, Cyril, meu bebê, está na França.

— Ah, minha nossa, que angústia terrível deve sentir.

Tuppence pensou: "Ah, Derek, meu querido Derek, padecendo no caos... E eu aqui, fazendo esse papelão, fingindo que lamento meus lamentos verdadeiros."

Então disse, cheia de moralidade:

— Temos que ser corajosas, não? Podemos apenas torcer para que tudo acabe em breve. Outro dia uma pessoa de alta autoridade me confidenciou que os alemães não vão aguentar mais que um ou dois meses.

Miss Minton assentiu com tanto vigor que chacoalhou todos os seus colares.

— Sim, concordo, e acho também — disse, baixando misteriosamente a voz — que Hitler tem uma *doença*, uma doença fatal, e que, até agosto próximo, terá enlouquecido.

Tuppence retrucou de imediato:

— Todo esse negócio de Blitzkrieg é o esforço derradeiro dos alemães. A Alemanha passa por uma escassez enorme. Os operários estão bastante insatisfeitos. A situação não vai sustentar.

— O que é isso? Como é?

Mr. e Mrs. Cayley apareceram na varanda. Mr. Cayley parecia agitado. Sentou-se em uma cadeira e sua esposa pôs um cobertor sobre seus joelhos. Então prosseguiu, ainda com ansiedade:

— O que vocês acabaram de dizer?
— Estávamos comentando — respondeu Miss Minton — que, até o outono, tudo isso já terá terminado.
— Que bobagem — falou Mr. Cayley —, essa guerra ainda vai durar uns seis anos, no mínimo.
— Ora, Mr. Cayley — protestou Tuppence. — O senhor acha mesmo?
Mr. Cayley olhava ao redor com desconfiança.
— Acho que... — murmurou ele. — Estão sentindo uma corrente de ar? Talvez seja melhor eu me sentar ali no canto.
Mr. Cayley mudou de lugar. Sua esposa, uma mulher de semblante aflito que parecia não ter qualquer objetivo na vida além de atender aos caprichos do marido, realocava almofadas e cobertores e perguntava:
— E agora, Alfred? Assim está melhor? Quer seu óculos de sol? A manhã está bem clara.
Mr. Cayley respondeu, irritadiço:
— Não, não. Não faça drama, Elizabeth. Você trouxe o meu cachecol? Não, não, meu cachecol de seda. Ah, tudo bem, não importa. Acho que esse aqui vai servir... por ora. Mas não quero esquentar demais meu pescoço, e a lã, com esse sol... Olha, talvez seja melhor você ir buscar o outro cachecol. — Ele voltou sua atenção para os assuntos de interesse público. — Como eu ia dizendo, acho que ainda temos uns seis anos de conflito pela frente.
Ele escutou, satisfeito, as objeções das duas mulheres, então respondeu:
— As caras senhoras apenas se renderam ao pensamento positivo. Conheço a Alemanha. Posso afirmar que conheço muito bem. Antes de me aposentar, viajei por todo o país a trabalho. Berlim, Hamburgo, Munique: conheço tudo. E posso garantir que eles vão até o fim. São resistentes. Ainda mais com a Rússia por trás...
Mr. Cayley prosseguiu de maneira triunfante, a voz subindo e descendo em uma cadência melancólica, interrompen-

do-se apenas para receber o cachecol de seda trazido pela esposa e enroscá-lo no pescoço.

Mrs. Sprot chegou com Betty e acomodou-a no chão com um cachorrinho de pelúcia com uma orelha só e um casaquinho de lã.

— Pronto, filha — disse ela. — Você arruma o Bonzo enquanto a mamãe se arruma para darmos um passeio.

Mr. Cayley seguia seu discurso monótono, recitando números e estatísticas, um panorama deprimente. O monólogo se entremeava aos gritinhos animados de Betty, que conversava com Bonzo em sua própria língua.

— Bilgo duni ba dá — falou a menina.

Um pássaro pousou ao lado dela, que estendeu as mãozinhas com carinho para ele e fez barulhinhos. Quando o animal voou, Betty olhou para o grupo ao redor e afirmou:

— Piu-piu. — E assentiu, satisfeita.

— É maravilhoso como essa criança está aprendendo a falar — disse Miss Minton. — Diga "dá-dá", Betty. Dá-dá.

Betty olhou para ela com indiferença e exclamou:

— Gluck!

Depois enfiou um dos braços de Bonzo no casaquinho de lã, cambaleou até a cadeira, pegou a almofada e cobriu o brinquedo. Caindo na gargalhada, disse com certo esforço:

— Esconde! Au-au. Esconde!

Miss Minton, atribuindo-se o papel de intérprete, explicou com orgulho outorgado:

— Ela adora brincar de esconde-esconde, vive escondendo as coisas. — E exclamou, com surpresa exagerada: — *Cadê* o Bonzo? Onde *será* que se escondeu? Por *onde* anda o Bonzo?

Betty rolou no chão de tanto rir.

Mr. Cayley, ao perceber que ninguém mais prestava atenção ao seu discurso sobre métodos de substituição de matéria-prima na Alemanha, fez uma expressão irritada e tossiu alto.

Mrs. Sprot voltou à varanda de chapéu e apanhou Betty.

Mr. Cayley recuperou sua audiência.

— O que dizia, Mr. Cayley? — perguntou Tuppence.

Mas Mr. Cayley, ofendido, respondeu friamente:

— Aquela mulher vive largando essa criança por aí e esperando que tomem conta dela. Querida, acho que vou querer meu cachecol de lã, no fim das contas. O sol está se escondendo.

— Mas, Mr. Cayley, prossiga com sua explicação. Estava tão interessante — disse Miss Minton.

Apaziguado, Mr. Cayley retomou seu discurso com ênfase enquanto ajeitava as dobras do cachecol em volta do pescoço.

— Como eu ia dizendo, a Alemanha aperfeiçoou seu sistema de...

Tuppence se dirigiu a Mrs. Cayley:

— O que a senhora acha da guerra, Mrs. Cayley?

A mulher deu um pulo na cadeira.

— O que eu acho? Como... em que sentido?

— Acha que vai durar outros seis anos?

Mrs. Cayley respondeu, incerta:

— Ah, espero que não. É tempo demais, não acha?

— Sim, bastante. Qual é a opinião da senhora?

Mrs. Cayley pareceu em pânico com a pergunta.

— Ah, eu... eu não sei. Não faço ideia. Alfred acha que é bem por aí.

— Mas a senhora discorda?

— Ah, não sei. É difícil saber, não?

Tuppence foi tomada por uma onda de exasperação. A chilreante Miss Minton, o ditatorial Mr. Cayley, a bobalhona Mrs. Cayley... esses eram seus compatriotas? Será que Mrs. Sprot, com seu rosto apático e olhos pálidos, se saía melhor? O que ela, Tuppence, poderia descobrir neste lugar? Com aquelas pessoas, nada, com certeza...

Seu pensamento foi interrompido por uma sombra. Alguém se postara entre ela e o sol. Virou-se para descobrir quem era.

Mrs. Perenna, de pé na varanda, observava o grupo. Havia algo estranho em seus olhos... desprezo, talvez? Um desprezo fulminante. Tuppence fez uma nota mental: "Preciso descobrir mais sobre Mrs. Perenna."

Tommy estava desenvolvendo uma ótima relação com o Major Bletchley.

— Trouxe uns tacos de golfe, hein, Meadowes?

Tommy confessou que sim.

— Ah! Sou um *observador* infalível. Perfeito. Precisamos combinar uma partida. Já jogou nos campos daqui?

O outro respondeu que não.

— Não são nada mal, nada mal mesmo. Um tanto pequenos, mas com uma bela vista para o mar. E nunca estão cheios. Escute, que tal irmos em um deles hoje? Podemos jogar uma partida.

— Muito obrigado. Eu adoraria.

— Confesso que estou feliz com sua chegada — comentou Bletchley enquanto se arrastavam colina acima. — Tem mulheres demais naquele lugar. Enlouquecem qualquer um. Fico feliz por agora ter um companheiro para dividir essa bucha comigo. Impossível contar com Cayley... o sujeito parece uma farmácia ambulante. Só tem um assunto na vida: a saúde, os tratamentos que faz e os remédios que toma. Acho que se jogasse fora todas aquelas pílulas e saísse para uma boa caminhada todos os dias seria um novo homem. O único outro homem é Von Deinim, mas... vou confessar uma coisa para você, Meadowes, tenho lá minhas desconfianças sobre o rapaz.

— É mesmo?

— Sim. Pode acreditar, esse negócio de dar refúgio a estrangeiros é perigoso. Se dependesse de mim, já teria trancafiado a maioria. Segurança em primeiro lugar.

— Um pouco drástico, não acha?

— De forma alguma. Guerra é guerra. E tenho minhas suspeitas sobre esse Carl. Para começar, é óbvio que não é judeu. Além disso, chegou aqui um mês antes... apenas um mês, veja bem... da guerra começar. É estranho demais.

Tommy disse, sugestivo:

— Então acha que...?

— *Espionagem*... esse o jogo dele!

— Mas com certeza não há negócios militares ou navais importantes neste lugar, certo?

— Ah, meu caro, aí está o golpe de mestre! Se o rapaz estivesse perto de Plymouth ou Portsmouth, estaria sob vigília pesada. Aqui, neste fim de mundo, ninguém nem olha duas vezes para ele. Por outro lado, estamos na costa, não é? A verdade é que o governo comete muitos descuidos com os estrangeiros, com o inimigo. Qualquer um pode chegar aqui, fazer uma cara triste e contar que tem família nos campos de concentração. Veja só esse rapaz, arrogância da cabeça aos pés. É um nazista, isso sim. Um nazista.

— O que este país precisa mesmo é de uns sabujos — disse Tommy, descontraído.

— Hã, como é?

— Para farejar os espiões — explicou Tommy, com seriedade.

— Ah, essa é boa, muito boa. Farejar... é, claro.

A conversa foi interrompida pela chegada ao clube de golfe.

Tommy se inscreveu como membro temporário, foi apresentado ao recepcionista, um idoso com jeito distraído, e pagou a matrícula. Tommy e o major seguiram para o campo.

Tommy era um jogador de golfe medíocre. Ficou feliz ao descobrir que seu nível combinava com as expectativas do novo amigo. O major ganhou de dois a um, um resultado bastante satisfatório.

— Excelente partida, Meadowes, excelente... Você deu azar com aquele taco *mashie*, que escapuliu no último minuto. Precisamos jogar mais vezes. Venha, vou apresentá-lo ao pessoal. São gente boa em geral, mas alguns deles parecem umas senhorinhas, se é que me entende. Ah, aquele é Haydock... Você vai gostar dele. Aposentado da Marinha.

Mora naquela casa perto do penhasco, do lado da Sans Souci. Ele é o diretor da ARP por aqui.

O Comandante Haydock era um senhor grande e robusto de rosto bronzeado e olhos bastante azuis que tinha o hábito de falar gritando.

Ele foi amistoso ao cumprimentar Tommy:

— Então é você quem vai dividir a bucha com Bletchley lá na Sans Souci? Ele deve estar contente com a chegada de outro homem. Ficou cansado daquela mulherada, hein, Bletchley?

— Ora, não sou lá muito mulherengo — respondeu o Major Bletchley.

— Bobagem — falou Haydock. — Elas é que não fazem seu tipo. Velhas caquéticas de pensão. Só querem saber de fofoca e tricô.

— Não se esqueça de Miss Perenna — comentou Bletchley.

— Ah, Sheila... Ela tem lá seus atrativos, mas nada fora do comum, na minha opinião.

— Ando um pouco preocupado com ela — disse Bletchley.

— Ora, por quê? Aceita uma bebida, Meadowes? E você, major?

Haydock pediu as bebidas e eles se sentaram na varanda do clube. Quando o comandante repetiu a pergunta, o major desabafou, irritado:

— Aquele camarada alemão. Vive de papo com ela.

— Será que ela está caidinha por ele? Ah, mau sinal. Claro que ele é um rapaz bem-apessoado. Mas não está certo. Não está certo, Bletchley. Não podemos permitir esse tipo de coisa. Ela está se associando ao inimigo, veja bem. Essas moças... que postura é essa? Com tantos camaradas ingleses decentes por aí.

— Sheila é uma moça estranha... — comentou Bletchley. — Às vezes fica amuada à toa e não fala com ninguém.

— É o sangue espanhol — concluiu o comandante. — O pai era meio espanhol, não?

— Não sei. Acho que o sobrenome é espanhol.

O comandante olhou o relógio.

— Está na hora das notícias. Melhor entrarmos para ouvir.

As notícias que chegaram foram parcas, nada muito diferente do que já tinha sido informado nos jornais matinais. Depois de comentar com orgulho sobre as últimas façanhas da força aérea — homens de primeira linha, ferozes como leões —, o comandante prosseguiu desenvolvendo uma própria teoria: cedo ou tarde, os alemães tentariam pousar em Leahampton. Seu argumento era que se tratava de um local pouco visado.

— Nem canhão nós temos! Uma vergonha!

O argumento não foi concluído, pois Tommy e o major precisavam correr para chegar a tempo do almoço na Sans Souci. Haydock estendeu um convite amigável a Tommy para que fosse visitar sua casa, a Toca do Belchior.

— A vista é maravilhosa, com uma praia particular, casa muito bem equipada. Bletchley vai fazer as honras.

Ficou combinado que Tommy e o Major Bletchley apareceriam no fim da tarde do dia seguinte para uns drinques.

———

Depois do almoço, a paz se instalou na Sans Souci. Mr. Cayley foi "descansar", acompanhado da devota esposa. Mrs. Blenkensop foi conduzida por Miss Minton a um armazém para embalar e mandar encomendas para o front.

Mr. Meadowes saiu para dar um passeio tranquilo por Leahampton e pela costa. Comprou cigarros, parou na Smith's para adquirir a última edição da *Punch*, e, depois de alguns minutos de aparente indecisão, entrou em um ônibus cujo letreiro anunciava "ANTIGO CAIS".

O antigo cais ficava do outro lado da esplanada. Aquela parte de Leahampton era considerada pelos corretores de imóveis como a menos valorizada. Chamava-se West Leahampton e tinha má fama. Tommy pagou *twopence* e caminhou com calma pelo cais. Era uma construção mal-acabada e corroída pelo tempo, com algumas máquinas caça-níqueis abandonadas. Estava deserto, exceto por algumas crianças correndo e gritando como gaivotas, e um homem solitário sentado na ponta do píer, pescando.

Mr. Meadowes foi até a ponta do píer, olhou para dentro d'água e perguntou, com simpatia:

— Conseguiu alguma coisa?

O pescador balançou a cabeça.

— Nem sempre eles mordem a isca. — Mr. Grant recolheu um pouco a linha no anzol e perguntou, sem virar a cabeça:

— E você, Meadowes, conseguiu alguma coisa?

— Nada muito significativo, senhor. Estou me infiltrando.

— Ótimo. Conte-me tudo.

Tommy se sentou em um poste de amarração de forma a ter uma vista completa do cais. Então começou:

— Acho que me infiltrei bem. Acredito que já tenha a lista das pessoas hospedadas na Sans Souci, correto? — Grant assentiu. — Não tenho nada a relatar por enquanto. Fiz amizade com o Major Bletchley. Jogamos golfe hoje cedo. Ele é o clássico militar da reserva. Talvez clássico demais. Já Cayley é um genuíno hipocondríaco inválido. Mas também é um papel fácil de representar. Segundo ele, conhece a Alemanha de cabo a rabo, por viajar a trabalho em seus últimos anos na ativa.

— Certo — disse Grant, lacônico.

— E tem esse tal de Von Deinim.

— Sim, Meadowes, nem preciso dizer que ele é meu maior interesse.

— Acha que é N?

Grant balançou a cabeça.

— Não. A meu ver, N não poderia se dar ao luxo de ser alemão.

— Nem mesmo um refugiado da perseguição nazista?

— Nem mesmo isso. Estamos de olho, e eles sabem que vigiamos todos os estrangeiros de países inimigos. Além do mais, e essa informação é confidencial, Beresford, praticamente todos os estrangeiros de nações hostis entre 16 e 60 anos serão trancafiados. Não sei se os estrangeiros sabem disso ou não, mas é uma medida bastante possível de prever. Eles jamais arriscaram que o cabeça da organização fosse preso aqui. Logo, o tal N deve ser de um país neutro ou, talvez, até inglês. O mesmo se aplica a M. Minha suposição sobre Von Deinim é que ele talvez seja um elo da corrente. M ou N talvez não estejam hospedados na Sans Souci, mas Carl von Deinim está lá como ponte, e pode nos guiar ao nosso objetivo. Essa me parece a possibilidade mais acertada. Do mesmo modo, me parece difícil crer que algum dos outros hóspedes da pensão seja a pessoa que buscamos.

— O senhor já investigou todos?

Grant suspirou, um suspiro curto e forte de irritação.

— Não, é exatamente isso que não posso fazer. Seria fácil pedir para o departamento investigá-los, *mas não posso arriscar, Beresford.* Porque, veja, a podridão já invadiu o local. Qualquer sinal de que eu estou de olho na Sans Souci… e a organização pode mudar de tática. E é aí que *você* entra, uma pessoa de fora. É por isso que precisa trabalhar no escuro, sem nossa ajuda. É nossa única chance… e eu jamais arriscaria deixá-los em alerta. Só há uma pessoa que pude investigar.

— Quem, senhor?

— O próprio Carl von Deinim. Não tive dificuldade alguma. Praticamente um procedimento de rotina. Tenho motivo para investigá-lo… não pela sua estadia na Sans Souci, mas pelo ângulo da imigração.

— E o que descobriu? — perguntou Tommy, interessado.

Um sorriso curioso brotou nos lábios de Grant.

— Ele é exatamente quem afirma ser. O pai era indiscreto, foi preso e morto em um campo de concentração. Os irmãos mais velhos também estão presos nos campos. A mãe morreu no ano passado de desgosto, quase louca. Ele fugiu para a Inglaterra um mês antes de a guerra estourar e se mostrou ansioso para ajudar nosso país. Seu trabalho como químico em um laboratório de pesquisa tem sido excelente e de grande serventia no que diz respeito à imunização de certos gases e nos experimentos de descontaminação em geral.

— Então ele não é suspeito?

— Não posso afirmar. Nossos camaradas alemães são famosos por seu rigor. Se Von Deinim fosse enviado à Inglaterra como agente, haveria um cuidado redobrado para que sua ficha fosse condizente com a história que conta. Há duas possibilidades. Uma é que toda a família de Von Deinim faça parte do acordo, o que não é improvável, levando-se em conta a diligência nazista. Ou pode ser que ele não seja o verdadeiro Carl von Deinim, *mas alguém se fazendo passar por Carl von Deinim.*

— Compreendo — disse Tommy devagar. Então complementou, de maneira inconsequente: — Ele me parece um ótimo rapaz.

Grant suspirou.

— Eles são... quase sempre são. Nosso trabalho tem uma natureza estranha. Respeitamos nossos adversários e somos respeitados por eles. Em geral, gostamos de nosso inimigo... mesmo quando estamos tentando acabar com ele.

Os dois ficaram em silêncio enquanto Tommy pensava sobre as terríveis anomalias da guerra. A voz de Grant interrompeu suas reflexões.

— Mas há aqueles de quem não gostamos nem respeitamos, e estes são os traidores infiltrados. Homens que traem a pátria e aceitam cargos e promoções oferecidas por estrangeiros que invadiram seu país.

Tommy concordou veementemente.

— Com certeza, senhor. Essas pessoas são parasitas.

— E merecem o destino de parasitas.

Incrédulo, Tommy perguntou:

— Mas essas pessoas existem mesmo? Esses... vermes?

— Estão por toda parte. No departamento de Inteligência. Nas Forças Armadas. No Parlamento. Nos altos cargos dos ministérios. Precisamos acabar com eles... *precisamos*! E logo. Não podemos começar de baixo... Os peixes pequenos, esses indivíduos que fazem discursos nos parques, que vendem esses pasquins, nem sabem quem são os peixes grandes. São eles que nós queremos, os perigosos, os que podem causar estragos sem precedentes... e que o farão, a menos que consigamos impedi-los.

Confiante, Tommy disse:

— Vamos conseguir, senhor.

— Como pode afirmar isso? — perguntou Grant.

— Foi o que o senhor acabou de dizer... *Precisamos* fazer isso!

O homem com a vara de pesca virou-se para seu subordinado, notando a linha resoluta de sua mandíbula. Ele foi tomado por uma sensação renovada de respeito e admiração. E disse, quase murmurando:

— Você é dos meus.

Então prosseguiu:

— E quanto às mulheres? Alguma suspeita?

— Acho a dona da pensão um pouco estranha.

— Mrs. Perenna?

— Ela mesma. Por acaso... sabe alguma coisa sobre ela?

Lentamente, Grant respondeu:

— Posso tentar dar uma sondada nos antecedentes dela, mas, como falei, é arriscado.

— Certo, melhor não arriscar, então. Mas ela é a única que me deixa com a pulga atrás da orelha. Há também uma jovem mãe, uma solteirona espalhafatosa, a esposa desmiolada do hipocondríaco e uma irlandesa apavorante. Todas me parecem inofensivas.

— Mais alguma mulher?

— Não. Quer dizer, tem Mrs. Blenkensop... Chegou faz três dias.

— E?

— Mrs. Blenkensop é a minha esposa.

— *O quê?*

Surpreso com a informação, Grant elevou a voz. Ele olhou ao redor, irritado.

— Beresford, eu lhe avisei para não dar um pio para sua esposa!

— Perfeitamente, senhor, e não dei. Se me permite, posso explicar...

De maneira sucinta, Tommy narrou o ocorrido, sem se atrever a olhar para Grant. Tentou disfarçar o orgulho secreto que sentia pela esposa.

Houve um silêncio absoluto ao fim da história. Então um ruído estranho escapou de Grant. Ele estava rindo. E não conseguia parar.

— Tiro meu chapéu para essa mulher! Ela é única!

— Concordo — disse Tommy.

— Easthampton vai cair na gargalhada quando eu lhe contar essa história. Ele me avisou para não deixá-la de fora. Disse que eu me arrependeria. Não dei ouvidos. Em todo caso, isso prova o quanto você deve ser cuidadoso. Achei que tivesse tomado todas as precauções para não ser ouvido. Certifiquei-me de que você e sua esposa estavam sozinhos no apartamento. E de fato ouvi a voz ao telefone pedindo ajuda... No entanto, caí no velho truque de bater a porta, mas não sair. Sim, deveras esperta essa sua esposa.

Ele ficou em silêncio por um momento, então retomou:

— Pode fazer o favor de dizer a ela que, sim, eu de fato cometi esse deslize?

— Suponho que agora ela faça parte da missão, então?

Mr. Grant fez uma careta.

— Queiramos ou não, ela já faz. Diga a ela que será uma honra para o departamento se ela fizer a gentileza de trabalhar conosco.

— Pode deixar — disse Tommy, com um sorrisinho.

Então Grant perguntou, sério:

— Imagino que não conseguiria convencê-la a voltar para casa e ficar por lá?

Tommy balançou a cabeça.

— O senhor não conhece Tuppence.

— Acho que estou começando a conhecer. Só disse isso porque, bem, é uma situação arriscada. Se descobrirem você ou ela...

Ele não concluiu a frase.

— Sei perfeitamente disso, senhor — afirmou Tommy em voz grave.

— Mas imagino que nem você conseguiria convencer sua esposa a evitar o perigo.

— Nem sei se gostaria de fazer isso, na verdade... — disse Tommy devagar. — Sabe como é, Tuppence e eu não somos assim. Nós encaramos qualquer coisa... juntos!

Sobre sua mente pairava uma frase, pronunciada anos atrás, no final de uma guerra anterior. *Um risco compartilhado...*

Era isso que a vida de Tommy e Tuppence sempre fora e sempre seria: um risco compartilhado.

Capítulo 4

Quando Tuppence entrou no saguão da Sans Souci logo antes do jantar, o único hóspede presente era a gigantesca Mrs. O'Rourke, sentada à janela como um enorme Buda.

Ela cumprimentou Tuppence de modo esfuziante.

— Ora, se não é Mrs. Blenkensop! Você é como eu, gosta de descer um pouco antes para ter um momento de sossego antes de ir para o salão de refeições, e aqui é um lugar agradável para ficar quando o tempo está firme e as janelas estão abertas, pois assim não sentimos o cheiro da comida. Esse costuma ser o ponto fraco desses estabelecimentos, sobretudo quando cozinham cebola ou repolho. Sente-se, Mrs. Blenkensop, e conte-me um pouco sobre como passou este belo dia e o que tem achado de Leahampton.

Havia algo de ímpio na mulher que deixava Tuppence fascinada. Ela tinha a aparência de uma ogra saída de antigos contos de fadas. Com sua estrutura corpulenta, voz grave, barba e bigode nada discretos, olhos fundos e cintilantes e aparência incomum, ela de fato parecia pertencer a uma fantasia da infância.

Tuppence respondeu que achava Leahampton muito agradável e que seria feliz ali.

— Quer dizer — falou, em um tom de voz melancólico —, se for mesmo possível ser feliz em qualquer lugar com esta terrível ansiedade que sinto o tempo inteiro.

— Ah, não se preocupe — respondeu Mrs. O'Rourke —, seus meninos voltarão para casa sãos e salvos. Pode acreditar. Comentou que um deles está na força aérea, não foi?

— Isso, meu Raymond.

— E onde ele está agora, na França ou na Inglaterra?

— Está no Egito, mas pelo que me falou em sua última carta... não exatamente *falou*, mas é que temos um código secreto, se é que me entende. Certas frases têm significados próprios. Acho que é razoável, não acha?

Mrs. O'Rourke respondeu de pronto:

— É claro. É um privilégio de mãe.

— Sim, sabe como é, preciso saber onde ele está.

Mrs. O'Rourke assentiu com sua cabeça de Buda.

— Entendo perfeitamente. Se eu tivesse um filho na guerra, sem dúvida também estaria tentando ludibriar a censura. E seu outro filho, o que está na Marinha?

Tuppence, diligente, contou toda a saga de Douglas.

— A questão é que me sinto perdida sem meus meninos. Nunca fiquei longe dos três ao mesmo tempo. Eles são tão amorosos comigo. Acho que me tratam mais como *amiga* do que como mãe. — Ela riu, envergonhada. — Às vezes, tenho que repreendê-los e *exigir* que saiam sem mim.

"Nossa, que mulher irritante estou parecendo", pensou Tuppence com seus botões.

E continuou em voz alta:

— Eu não sabia muito o *que* fazer ou *aonde* ir. O contrato de aluguel da minha casa em Londres tinha vencido e me pareceu uma tolice renová-lo, então pensei que, se fosse para um lugar tranquilo, mas com um bom sistema ferroviário...

O Buda assentiu mais uma vez.

— Claro, eu entendo. Londres está inabitável. É horrível! Vivi lá por muitos anos. Sou dona de um antiquário. Você já deve ter passado por minha loja, fica na Cornaby Street, em Chelsea. O letreiro dizia "Kate Kelly". Tinha peças belíssimas e raras, verdadeiros achados, muito vidro, cristais Waterford, cristais Cork... esplendorosos. Candelabros, lustres e poncheiras, todo tipo de decoração e utensílio. Taças e cálices importados. E pequenos móveis, nada que ocupe muito espaço, só peças de época, sobretudo em carvalho e imbuia. Ah, sim, coisas boas... e com ótimos fregueses. Mas, depois que a guerra começou, tudo se foi. Tive sorte de sair dessa sem grandes prejuízos.

Tuppence se lembrou vagamente de uma loja repleta de vidros, de um estabelecimento tão atulhado que era difícil de se mexer lá dentro, da voz firme e persuasiva de uma mulher gigantesca. Claro, ela já estivera na loja de Mrs. O'Rourke. A mulher continuou:

— Eu não sou do tipo que vive reclamando de tudo... ao menos não como os outros inquilinos desta casa. Mr. Cayley, por exemplo, fica para lá e para cá com seus cachecóis e echarpes, resmungando sobre seus negócios terem sido arruinados. Mas é claro que foram arruinados, estamos em guerra! E a esposa dele atrás, que entra muda e sai calada. Ou então Mrs. Sprot, o tempo inteiro alvoraçada, preocupada com o marido.

— Ele está na linha de frente?

— Imagine. É um atendente qualquer em uma empresa de seguros, só isso, mas tem tanto medo de bombardeios aéreos que mandou a esposa para cá desde que a guerra começou. Veja bem, eu entendo que é a melhor coisa a se fazer quando se tem uma criança pequena... uma gracinha, por sinal... mas Mrs. Sprot vive aflita, por mais que o marido venha visitá-la sempre que pode. E vive repetindo que Arthur, o marido, sente muita falta dela. Mas, se quer saber, não acho que seja verdade... talvez ele tenha outros peixes na rede.

— Eu lamento muito por todas essas mães — murmurou Tuppence. — Se você deixa seus filhos irem embora, nunca para de se preocupar. E se vai junto com eles, lamenta-se porque deixou o marido sozinho.

— Pois é! E é caro demais manter duas casas.

— Aqui me parece um lugar razoável para se viver — comentou Tuppence.

— É, acho que vale a pena. Mrs. Perenna é uma boa administradora. Mas é também um pouco esquisita. Ah, isso é.

— Em que sentido? — perguntou Tuppence.

Mrs. O'Rourke respondeu, com uma piscadela:

— Vai achar que sou uma tremenda fofoqueira. E sou mesmo. É que tenho um imenso interesse pelos seres humanos, e é por isso que estou sempre sentada aqui nesta poltrona. Vejo quem entra e quem sai, quem está na varanda e o que acontece no jardim. Do que falávamos mesmo? Ah, sim, de Mrs. Perenna e suas esquisitices. Pois então, se não estou enganada, a mulher viveu um grande drama.

— Acha mesmo?

— Acho. E como faz mistério sobre a própria vida! Um dia perguntei: "De que parte da Irlanda a senhora é?" Acredite se quiser, ela desmentiu, afirmou que não era da Irlanda.

— Acha que ela é irlandesa?

— Claro que é. Reconheço minhas conterrâneas. Poderia até apontar no mapa o condado onde ela nasceu. Pois sim! Mas ela disse: "Sou inglesa e meu marido é espanhol."

Mrs. O'Rourke se interrompeu abruptamente quando Mrs. Sprot entrou na saleta acompanhada de Tommy.

Tuppence ficou assanhada na mesma hora.

— Boa noite, Mr. Meadowes. Está com uma cara ótima.

Tommy respondeu:

— Muito exercício físico, o segredo é esse. Uma partida de golfe de manhã e uma caminhada na esplanada à tarde.

Millicent Sprot disse:

— Levei minha filha à praia hoje à tarde. Ela queria brincar na água, mas achei que fazia muito frio. Estávamos construindo um castelinho quando um cachorro apareceu, roubou meu tricô e saiu correndo. Espalhou metros e metros de lã pela praia. Uma dor de cabeça, e foi tão difícil refazer os pontos... Sou uma péssima tricoteira.

— Aliás, a senhora está se saindo bem nessa balaclava, Mrs. Blenkensop — disse Mrs. O'Rourke, voltando-se de repente para Tuppence. — Está avançando bem rápido. Pensei ter ouvido Miss Minton dizer que você não tinha muita experiência com tricô.

Tuppence ficou um pouco corada. Mrs. O'Rourke era muito observadora. Um pouco aborrecida, ela retrucou:

— Já tricotei muito na vida. Falei isso a Miss Minton, mas acho que ela gosta de ensinar.

Todas riram em concordância. Então, alguns minutos depois, o restante dos hóspedes apareceu e o gongo anunciou que o jantar estava servido.

Entre garfadas, a conversa se voltou para um assunto mais cativante: espionagem. Desenterraram histórias do arco da velha. Como a da freira com braço musculoso, do padre que desceu de paraquedas e praguejou contra Deus e o mundo ao se machucar na aterrissagem, da cozinheira austríaca que infiltrou um rádio na chaminé de seu quarto, e todas as anedotas que aconteceram ou quase aconteceram com as tias e os primos de segundo grau dos narradores presentes. O assunto logo levou às atividades da quinta-coluna e às denúncias dos fascistas ingleses, dos comunistas, dos pacifistas e dos objetores de consciência. Uma conversa muito normal e corriqueira, mas Tuppence observou com atenção as expressões faciais e a conduta dos presentes à mesa, tentando captar algum sinal ou alguma palavra reveladora. Sheila Perenna foi a única que não participou da conversa, mas isso pode ser atribuído à sua habitual misantropia. Ficou apenas ali, imóvel, sustentando a rebeldia pensativa de seu rosto moreno.

Carl von Deinim não estava presente naquela noite, então as línguas estavam soltas.

Sheila fez apenas um comentário no final do jantar.

Mrs. Sprot tinha acabado de opinar, com a voz estridente:

— A meu ver, o grande erro dos alemães na última guerra foi atirar na enfermeira Cavell. Todos se voltaram contra eles.

Foi então que Sheila, indignada, jogou a cabeça para trás e perguntou, em seu tom bravio e jovem:

— Por que não deveriam ter atirado nela? Ela era uma espiã, não?

— Ah, não, não era espiã.

— Ela ajudou na fuga de muitos ingleses... em um país inimigo. É a mesma coisa. Por que não deveria ter levado um tiro?

— Ah, mas atirar em uma mulher... uma enfermeira...

Sheila se levantou e afirmou:

— Acho que os alemães fizeram a coisa certa.

E foi para o jardim.

A sobremesa, que não passava de umas bananas verdes e umas laranjas murchas, já havia sido servida. Todos se levantaram e foram tomar café no saguão.

Tommy foi o único a sair discretamente para o jardim. Sheila Perenna estava debruçada na mureta da varanda, olhando o mar. Ele se aproximou e parou ao lado dela.

Por sua respiração rápida e entrecortada, Tommy imaginou que algo a aborrecera profundamente. Ofereceu-lhe um cigarro, que ela aceitou, e comentou:

— Uma noite agradável.

Em um tom de voz baixo e firme, ela respondeu:

— Quem dera...

Tommy olhou para ela, incerto. Sentiu na mesma hora o fascínio e a vitalidade da moça. Ela parecia abrigar um tumulto, um poder quase irresistível. Era o tipo de moça, pensou, que poderia fazer qualquer homem perder a cabeça.

— Não fosse pela guerra, quer dizer? — perguntou.

— Não quis dizer nada disso. Mas odeio a guerra.

— Todos nós.

— É diferente. Eu odeio essa hipocrisia, essa arrogância... esse patriotismo besta, medonho.

— Patriotismo? — questionou Tommy, perplexo.

— É, odeio o patriotismo, sabe? Essa ladainha de *pátria, pátria, pátria*! Trair a pátria, morrer pela pátria, servir a pátria. Por que essa obsessão com o país de origem?

— Não sei. Mas é assim mesmo — respondeu ele.

— Não para mim! Talvez seja para o senhor... que viaja pelo mundo, negocia com o Império Britânico e volta todo bronzeado e cheio de clichês, falando sobre os nativos e usando gírias estrangeiras e todas essas coisas.

— Acho que não sou tão ruim assim, minha cara.

— Posso estar exagerando um pouco, mas você entendeu o que quero dizer. Acredita no Império Britânico e... e nessa estupidez de "morrer pela pátria".

— Meu país não parece estar muito interessado que eu morra por ele — respondeu Tommy, indiferente.

— Pode ser, mas sua *vontade* é essa. E isso é tão *idiota*! Não vale a pena morrer por *nada*. É só uma *ideia*, um discurso qualquer, uma besteira sem tamanho. Meu país não significa nada para mim.

— Um dia — disse Tommy — ficará surpresa ao descobrir que isso mudou.

— Não. Nunca. Já sofri demais... eu vi...

Ela se interrompeu, e então, súbita e impetuosamente, olhou para Tommy.

— Sabe quem era meu pai?

— Não — respondeu Tommy, muito interessado.

— O nome dele era Patrick Maguire. Ele... apoiou o líder rebelde Roger Casement na última guerra. Foi morto como traidor! Por nada! Por uma ideia que ele e outros irlandeses enfiaram na cabeça. Por que não ficou quietinho em casa e cuidou da própria vida? Para algumas pessoas, ele é um mártir, para outras, um traidor. Já eu acho que ele foi só um... *idiota*!

Tommy sentiu a revolta contida na voz de Sheila.

— Então você cresceu com esse fantasma? — perguntou ele.

— Sim. Minha mãe mudou de nome. Moramos um tempo na Espanha. Ela vive dizendo que meu pai era meio espanhol.

E sempre contamos mentiras aonde vamos. Já rodamos a Europa inteira. Acabamos aqui e abrimos a pensão. Acho que essa foi a decisão mais odiosa de nossas vidas.

— E o que sua mãe acha... disso tudo?

— Da morte do meu pai, o senhor quer dizer? — indagou Sheila, então ficou em silêncio, pensativa, intrigada. E mais calma, respondeu: — Eu nunca soube de verdade... Ela nunca fala sobre o assunto. É difícil saber o que mamãe pensa ou sente.

Tommy assentiu, pensativo.

Sheila falou de repente:

— Eu... não sei por que estou lhe contando isso. Perdi o controle. Como foi que esse assunto começou mesmo?

— Com Edith Cavell...

— Ah, sim... patriotismo. Eu disse que odiava esse conceito.

— Não está se esquecendo das palavras da enfermeira Cavell?

— Que palavras?

— Suas últimas. Não sabe quais foram? — perguntou Tommy, e disse: — "Patriotismo não basta... É preciso não ter ódio no coração."

— Ah — disse Sheila, surpresa.

Em seguida, ela deu as costas e sumiu jardim adentro.

———

— Tuppence, tudo se encaixa.

Tuppence assentiu, pensativa. A praia estava deserta. Ela se debruçava sobre o quebra-mar enquanto Tommy ocupava um lugar mais alto, de onde poderia ver qualquer um que se aproximasse da esplanada. Não que esperasse ver alguém; havia se certificado, com alguma precisão, do destino de cada hóspede naquela manhã. Em todo caso, seu encontro com Tuppence carregava todos os sinais de ter ocorrido de forma casual: agradável para ela e ligeiramente assustador para ele.

— Mrs. Perenna, será? — perguntou Tuppence.
— Sim. Ela é M. Preenche todos os requisitos.
Tuppence concordou, ainda pensativa.
— Faz sentido. A mulher é irlandesa, como notado por Mrs. O'Rourke, mas não admite. Já esteve em todos os cantos da Europa. Mudou o nome para Perenna, veio para cá e abriu a pensão. É um excelente disfarce, cheio de brechas insondáveis. O marido foi morto como traidor... Ela teria todos os incentivos para liderar uma quinta-coluna na Inglaterra. Sim, faz sentido. E a filha, acha que ela está envolvida?
— Duvido. Se estivesse, a moça nunca teria me contado todas aquelas coisas. Eu... me sinto um pouco sem princípios.
Tuppence assentiu, compreensiva.
— Sim, imagino. É um trabalho sórdido, de certa forma.
— Mas necessário.
— Ah, sem dúvida.
— Assim como você, não gosto de mentir...
A mulher o interrompeu.
— Eu não me importo nem um pouco. Sendo bastante honesta, sinto um grande prazer intelectual em mentir. O que me incomoda é quando nos esquecemos de mentir e agimos como nós mesmos... e então conseguimos resultados que não conseguiríamos de outra forma. —Tuppence fez uma pausa. — Foi o que aconteceu com você ontem à noite... com a moça. Ela desabafou para *você*, Tommy, e é por isso que está se sentindo mal agora.
— Tem razão, Tuppence.
— Eu sei. Porque fiz o mesmo... com o rapaz alemão.
— O que acha dele?
— Se quer saber, acho que ele não tem nada a ver com isso.
— Grant acha que tem.
— O seu camarada Mr. Grant! — Tuppence mudou de humor, dando uma risadinha. — Queria ter visto a cara dele quando você contou o que fiz.

58 · AGATHA CHRISTIE ·

— De todo modo, você ganhou a *amende honorable*. E está oficialmente na missão.

Tuppence assentiu, mas parecia um pouco distraída.

— Lembra, na última guerra... quando estávamos atrás de Mr. Brown? — perguntou. — Lembra-se de como foi divertido? De como estávamos animados?

Tommy fez que sim, o rosto se iluminando.

— E muito!

— Por que agora é diferente, Tommy?

O homem pensou na resposta, seu rosto feio e tranquilo em uma expressão séria.

— Talvez seja... coisa da idade.

— Acha mesmo que... nosso tempo passou?

— Não, a questão não é essa. Dessa vez, contudo... não vai ser *divertido*. Tem semelhanças com a última vez. Mas essa é a segunda guerra que vivemos, e a relação muda um pouco.

— Eu sei... Nós vemos a dor, o desespero, o terror. Todas as coisas sobre as quais éramos jovens demais para pensar antes.

— Exato. Na última guerra eu sentia medo vez ou outra... passei por umas situações perigosíssimas, comi o pão que o diabo amassou, mas houve bons momentos também.

— Será que Derek também se sente assim? — perguntou Tuppence.

— Melhor não pensar nisso, querida — aconselhou Tommy.

— Tem razão. — Tuppence cerrou a mandíbula. — Arrumamos um trabalho. Vamos *cumprir* essa missão. Avante. Acha que estamos certos sobre Mrs. Perenna?

— No mínimo ela é a candidata mais forte. Você desconfia de mais alguém, Tuppence? Tem outra suspeita?

Ela pensou um pouco.

— Não, ninguém. A primeira coisa que fiz ao chegar, é claro, foi avaliar cada hóspede e levar em conta todas as possibilidades. Mas me parece implausível em alguns casos.

— Quais?

— Bem, Miss Minton, por exemplo, a solteirona inglesa "perfeita". Tampouco acho provável no caso de Mrs. Sprot e sua filhinha ou a cabeça oca de Mrs. Cayley.

— É, mas a parvoíce pode ser um disfarce.

— Sem dúvida, mas a solteirona chata e a jovem mãe ensimesmada são papéis fáceis de exagerar... e as duas são bem naturais. No caso de Mrs. Sprot, ainda há a filha.

— Suponho — retrucou Tommy — que mesmo uma agente secreta possa ter uma filha.

— Mas não a levaria para o trabalho. Ninguém envolve crianças nesse tipo de situação. Pode ter certeza, Tommy. Eu *sei*. Acredite em mim.

— Tudo bem, você venceu. Descartemos Mrs. Sprot e Miss Minton, então. Ainda não tenho certeza sobre Mrs. Cayley, no entanto.

— Não, ela é uma possibilidade. Porque exagera no papel. Acho que não existem mulheres *tão* idiotas quanto ela parece ser.

— Já notei que ser uma esposa dedicada mina o intelecto — murmurou Tommy.

— E onde foi que notou isso? — perguntou Tuppence.

— Não com você, Tuppence. Você nunca foi dedicada a esse ponto.

— Até que, para um homem — disse Tuppence, carinhosa —, você faz pouco estardalhaço quando fica doente.

Tommy retomou o levantamento de possibilidades.

— Cayley... — falou ele, pensativo. — Talvez haja algo suspeito em Cayley.

— Sim, talvez. E tem Mrs. O'Rourke, né?

— O que acha dela?

— Não sei dizer. Ela é perturbadora. Parece o gigante de "João e o pé de feijão", se é que me entende.

— É, concordo. Mas acho que isso vem de seu jeito predatório. Ela é bem esse tipo de mulher.

— Ela é muito... observadora — comentou Tuppence, lembrando-se do comentário sobre tricô.
— E tem Bletchley — falou Tommy.
— Nós mal trocamos duas palavras. Esse aí é com você.
— Acho que ele é só um *pukka* antiquado. *Acho*.
— Essa é a questão — disse Tuppence, reagindo mais ao clima da conversa do que às palavras em si. — A pior parte de nosso trabalho é que passamos a olhar para as pessoas banais de maneira distorcida, por ângulos mórbidos.
— Testei Bletchley algumas vezes — contou Tommy.
— O que você fez? Também pensei em alguns testes.
— Ah, só as perguntinhas de sempre... Datas e lugares, esse tipo de coisa.
— Faria a gentileza de ser mais específico?
— Por exemplo, estávamos conversando sobre caçar patos. Ele mencionou o lago de Fayum... a caça foi muito boa por lá nos anos tal e tal, de certo mês a certo mês. Em outro momento citei o Egito de novo, mas em outro contexto. Múmias, Tutancâmon, coisas assim... Ele já tinha as visto? Quando estivera por lá? E conferi as respostas. Ou sobre os navios da companhia P&O... citei o nome de um ou dois, comentei que esse e aquele eram confortáveis. Ele mencionou uma viagem ou outra, e verifiquei tudo depois. Nada demais, que chamasse a atenção dele ou o deixasse desconfiado... apenas para checar a veracidade de suas histórias.
— E ele não cometeu nenhum deslize até agora?
— Ainda não. E esses foram belos testes, Tuppence.
— É, mas suponho, que *se* ele fosse N, teria essas histórias na ponta da língua.
— Ah, sim... pelo menos a ideia geral. Porém, é muito difícil não se perder nos detalhezinhos. E também, às vezes, a pessoa se lembra de muita coisa, mais do que um sujeito *bona fide* conseguiria. Uma pessoa comum em geral não lembra, assim de pronto, se fez uma viagem de caça em 1926 ou 1927. Precisam pensar um pouco mais, reavivar a memória.

— E até agora você não pegou incongruência alguma de Bletchley?
— Ele respondeu tudo de maneira perfeitamente natural.
— Resultado: negativo.
— Exato.
— Agora — disse Tuppence —, vou dividir com você algumas de minhas ideias.
E começou.

A caminho de casa, Mrs. Blenkensop parou nos correios. Comprou selos e, na saída, entrou em uma cabine telefônica. Discou para um número específico e pediu para falar com Mr. Faraday. Era o modo combinado de comunicação com Mr. Grant. Saiu da cabine sorrindo e retomou a caminhada lenta para a pensão, parando para comprar novelos de lã.

Era uma tarde agradável, com uma brisa leve. Tuppence controlou sua usual energia vívida a fim de passear sem pressa, no ritmo que achava combinar com a personalidade de Mrs. Blenkensop. Mrs. Blenkensop não tinha mais nada para fazer na vida além de tricotar (não muito bem) e escrever cartas aos filhos. Sempre estava escrevendo cartas para os filhos... e, às vezes, as abandonava pela metade.

Tuppence subiu devagar a colina em direção à Sans Souci. Como era uma rua sem saída (terminava na Toca do Belchior, a casa do Comandante Haydock), não era muito movimentada, com apenas algumas caminhonetes de entrega na parte da manhã. Tuppence passava por diversas casas, entretendo-se ao ler seus nomes. Bella Vista (um nome enganoso, já que mal dava para ver uma nesga do mar e a vista principal era a de Edenholme, uma enorme mansão vitoriana do outro lado da rua que funcionava como asilo para idosos). A casa seguinte se chamava Karachi. Depois, a Torre de Shirley. Então a Vista do Mar (dessa vez, apropriado), a casa Castelo Clare (um pouco grandiloquente para uma casa tão pequena), Trelawny, um estabelecimento concorrente ao de Mrs. Perenna, e, por fim, aquela construção marrom vasta chamada Sans Souci.

Apenas quando se aproximou é que Tuppence se deu conta de uma mulher no portão, espiando o interior. Uma figura tensa e vigilante.

De modo quase inconsciente, Tuppence suavizou o som dos próprios passos, caminhando com cuidado na ponta dos pés.

Quando estava bem atrás da mulher, a desconhecida ouviu os passos de Tuppence e se virou, assustada.

Era uma mulher alta, com uma aparência descuidada e roupas velhas, mas de rosto incomum. Não era jovem, provavelmente beirava os 40 anos, mas havia um contraste entre o rosto dela e o modo como estava vestida. Era loira, com maçãs pronunciadas, e havia sido — na verdade ainda era — bonita. Tuppence chegou a pensar que o rosto lhe era familiar, mas mudou de ideia. Não se tratava, pensou ela, de um rosto que poderia ser esquecido facilmente.

A mulher ficou sobressaltada, e o lampejo de preocupação em seu rosto não passou despercebido por Tuppence. (Estranho, não?)

— Com licença, está procurando alguém? — perguntou Tuppence.

A mulher falou devagar e com um sotaque estrangeiro, pronunciando cada palavra com cuidado, como se as tivesse decorado.

— A casa aqui é Sans Souci?

— Sim, eu moro aí. Quem deseja saber?

Depois de uma pausa ínfima, a mulher perguntou:

— Me diz, por favor. Tem um Mr. Rosenstein aí, não?

— Mr. Rosenstein? — Tuppence balançou a cabeça. — Não, receio que não. Talvez já tenha ido embora. Quer que eu pergunte?

A estranha, no entanto, fez um gesto abrupto de negação.

— Não, não. Eu confundo. Desculpe, por favor.

Então se virou de repente e desceu a colina a passos largos.

Tuppence ficou parada, observando-a. Por algum motivo, ficou desconfiada. Havia um contraste entre os modos e as palavras da mulher. Imaginou que "Mr. Rosenstein" fosse uma invenção, que a estranha dissera o primeiro nome que lhe viera à cabeça.

Tuppence hesitou por um minuto, então começou a descer a colina atrás da desconhecida. O que poderia ser descrito apenas como "intuição" a levou a seguir a mulher.

No entanto, depois de certa distância, parou. Segui-la poderia levantar graves suspeitas sobre a conduta de Tuppence. Estava a um passo de entrar na Sans Souci quando conversou com a mulher; ser vista no encalço dela seria um indício de que Mrs. Blenkensop era diferente do que parecia... quer dizer, se é que a estranha fazia mesmo parte de um complô inimigo.

Não, o principal era preservar a identidade falsa de Mrs. Blenkensop.

Tuppence deu meia-volta e subiu a colina de volta. Entrou na Sans Souci e parou no saguão. A casa parecia deserta, como era de costume no início da tarde. Betty tirava uma soneca, e os hóspedes mais velhos ou estavam descansando, ou tinham saído.

Enquanto pensava em seu recente encontro no saguão, Tuppence ouviu um ruído ao longe. Era um som que conhecia muito bem: o eco fraco de um tinido metálico.

O telefone da Sans Souci ficava no saguão. O som que Tuppence acabara de ouvir soava quando alguém tirava ou colocava uma extensão da linha no gancho. E só havia uma extensão na casa... no quarto de Mrs. Perenna.

Nesse momento, Tommy talvez tivesse hesitado. Tuppence nem pensou duas vezes. Com muita delicadeza e cuidado, tirou o telefone do gancho e posicionou-o no ouvido.

Alguém estava usando a extensão. Ela ouviu a voz de um homem dizendo:

— ... Está tudo correndo bem. Conforme o combinado, no quarto.

Uma voz feminina respondeu:

— Sim, prossiga.

E então um clique e o telefone voltou ao gancho.

Tuppence ficou imóvel, franzindo a testa. Seria a voz de Mrs. Perenna? Era difícil afirmar com apenas duas palavras. Se pelo menos tivessem prolongado um pouco mais a conversa... É claro que poderia ter sido algo banal, pois não havia nada de incriminador nas palavras que Tuppence entreouvira.

Uma sombra surgiu na porta. Tuppence deu um pulo e colocou o telefone no gancho ao mesmo tempo que Mrs. Perenna falou:

— Que tarde agradável. Está de saída, Mrs. Blenkensop, ou acabou de chegar?

Então não era Mrs. Perenna que falara na extensão do quarto. Tuppence respondeu qualquer coisa sobre ter dado um bom passeio e seguiu para a escada.

Mrs. Perenna foi atrás dela pelo corredor. Parecia mais alta do que nunca. Tuppence, consciente do porte atlético da outra, falou:

— Preciso arrumar algumas coisas. — E subiu a escada correndo. Quando virou em uma curva, trombou com Mrs. O'Rourke, cujo corpanzil embarreirava a escada.

— Ora, ora, Mrs. Blenkensop, parece que está apressada.

A mulher não deu passagem, apenas permaneceu imóvel, sorrindo para Tuppence do degrau superior. Como sempre, havia algo de horripilante em seu sorriso.

De repente, sem motivo, Tuppence sentiu medo.

A gigantesca e sorridente irlandesa de voz retumbante barrava sua passagem, e logo abaixo, fechando o cerco, Mrs. Perenna subia a escada.

Tuppence olhou por cima do ombro. Era loucura pensar que havia algo de ameaçador no rosto de Mrs. Perenna, que olhava para o topo da escada? Sim, era absurdo. Em plena luz do dia, em uma simples pensão à beira-mar? Contudo, a casa estava muito silenciosa. Nenhum som. E Tuppence ali, na escada, emparedada pelas duas. É certo que *havia* alguma coisa estranha no sorriso de Mrs. O'Rourke... alguma ferocidade constante, pensou Tuppence, "feito um gato olhando para um rato".

Então, do nada, a tensão se dissipou. Uma figura pequenina disparou pelo patamar superior da escada, balbuciando e gritando de excitação. Era Betty Sprot, de calcinha e colete. A menina passou correndo por Mrs. O'Rourke, gritou "Achou, achou!" com alegria e se jogou nos braços de Tuppence.

O clima mudou. Mrs. O'Rourke, agora cheia cordialidade, exclamou:

— Ah, que gracinha! Como está crescendo rápido.

No patamar inferior, Mrs. Perenna seguiu na direção à porta da cozinha. Tuppence, puxada pela mão por Betty, passou por Mrs. O'Rourke e correu pelo corredor em direção à mãe da menina, que aguardava para repreendê-la.

Tuppence entrou no quarto junto com a garotinha.

Sentiu um estranho alívio diante daquela atmosfera doméstica: as roupas de criança espalhadas, os brinquedos de lã, o berço decorado, o rosto dócil e ligeiramente desproporcional de Mr. Sprot no retrato sobre a penteadeira, os resmungos de Mrs. Sprot sobre os preços da lavanderia e sobre como ela achava que Mrs. Perenna estava sendo um pouco injusta ao se recusar a permitir que os hóspedes tivessem seus próprios ferros elétricos.

Tudo tão normal, reconfortante e cotidiano.

No entanto, minutos atrás, na escada...

"Nervosismo", pensou consigo mesma. "Puro nervosismo!"

Mas seria mesmo apenas nervosismo? Alguém *estava* falando no telefone do quarto de Mrs. Perenna. Mrs. O'Rourke?

De certo modo, um comportamento bastante estranho. Decerto garantiria que a pessoa ao telefone não seria ouvida pelo restante da casa.

Deve ter sido, pensou Tuppence, apenas uma conversa curta. Uma simples troca de palavras.

"Está tudo correndo bem. Conforme o combinado, no quarto."

Poderia não ter significado algum... ou poderia ter um significado enorme.

No quarto. Seria uma data? O quarto dia de um mês?

Ou talvez fosse o quarto local, ou o quarto poste de luz, ou o quarto quebra-mar... impossível saber.

Poderia até mesmo ser uma referência à ponte de Forth. Tentaram explodir a ponte na última guerra.

Será que tinha algum significado?

Também pode ter sido a confirmação de um compromisso corriqueiro qualquer. Mrs. Perenna pode ter dito a Mrs. O'Rourke que ela podia usar o telefone no seu quarto sempre que quisesse.

E o que aconteceu na escada, aquele momento tenso, deve ter sido fruto de seus nervos à flor da pele.

A casa silenciosa, a sensação de que algo sinistro se desenrolava, algo maligno...

"Atenha-se aos fatos, Mrs. Blenkensop", pensou Tuppence, repreendendo-se. "E continue com seu trabalho."

Capítulo 5

O Comandante Haydock se mostrou um anfitrião bastante simpático. Recebeu Mr. Meadowes e o Major Bletchley com entusiasmo e insistiu em lhes mostrar "todo o meu cantinho".

A Toca do Belchior era, originalmente, uma vila de chalés da guarda costeira construída sobre o penhasco, com vista para o mar. Logo abaixo, havia uma enseada, mas o acesso a ela era perigoso, recomendável apenas aos rapazes mais destemidos.

Então os chalés pré-fabricados foram comprados por um empresário de Londres que os transformara em uma única propriedade e tentara sem muito esforço plantar um jardim. Ele frequentava a casa apenas no verão, e por períodos curtos.

Depois disso, o lugar ficou abandonado por alguns anos, sendo alugado com o mínimo de mobília para visitantes durante o verão.

— Anos atrás — explicou Haydock —, a Toca do Belchior foi vendida para um sujeito chamado Hahn. Um alemão e, se querem saber minha opinião, um espião.

Tommy aguçou os ouvidos.

— Interessante — comentou, repousando o cálice de xerez.

— Uns sacanas meticulosos, é isso que eles são! — exclamou Haydock. — Na minha opinião, já estavam se preparando para a guerra. Vejam a situação deste lugar. É possível atracar um barco a motor na enseada. Total privacidade devido à posição geográfica do penhasco. Ah, duvido que esse camarada Hahn não fosse um espião alemão.

O Major Bletchley concordou:

— Ah, é claro que era.

— Que fim ele teve? — perguntou Tommy.

— Ah! — disse Haydock. — Escutem essa. Hahn gastou um bom dinheiro aqui. Para terem uma ideia, mandou construir uma trilha até a praia com degraus de concreto e tudo mais... um negócio dispendioso. Depois, mandou reformar a casa inteira, até os banheiros, comprando todo tipo de utensílio caro que possam imaginar. E quem foi que ele contratou para fazer tudo isso? Não foi a mão de obra local. Não, ele chamou uma empresa de Londres, pelo que diziam, mas a maioria dos homens eram estrangeiros. Alguns deles *não falavam uma palavra em inglês*. Não concordam que é muito suspeito?

— De fato, é um pouco estranho — concordou Tommy.

— Eu já morava na vizinhança naquela época, em um bangalô, e fiquei encasquetado com o que esse sujeito estava inventando. Então, vez ou outra, eu ia dar uma olhada nos trabalhadores. E quer saber? Eles não gostavam que eu fizesse aquilo... não gostavam nem um pouco. Até chegaram a me ameaçar. Por quê? Se tudo estava certo e em ordem?

— Você devia ter denunciado às autoridades locais — falou Bletchley, assentindo.

— Foi o que fiz, meu caro. Virei o estorvo da cidade, incomodando a polícia.

Ele se serviu de outro drinque e continuou:

— E o que ganhei com isso? Um educado desprezo. Este país era uma terra de cegos e surdos. Mais uma guerra com a Alemanha sequer era cogitada... A Europa estava em paz, nossas relações com a Alemanha estavam indo às mil maravilhas. Veja a simpatia mútua em que vivemos agora. Eu era visto como um fóssil, um neurótico, um velho soldado teimoso. De que adiantava tentar mostrar às pessoas que os alemães estavam preparando a melhor força aérea da Europa e que não era só para viajar e fazer piquenique!

O Major Bletchley explodiu de indignação:

— Ninguém acredita! Malditos idiotas! Ficavam naquela de "paz para todos" e "conciliação". Um monte de blá-blá-blá!

Com o rosto vermelho de ódio reprimido, Haydock disse:

— Ficavam me chamando de militarista. Um obstáculo à paz. Paz! Eu sabia muito bem o que aqueles bárbaros estavam tramando! E pode acreditar, eles tiveram tempo para preparar tudo. Eu estava mais do que convencido de que Mr. Hahn tinha más intenções. Não gostava daqueles pedreiros estrangeiros. Tampouco me conformava com tanto dinheiro sendo esbanjado aqui na região. E continuei a atormentar as pessoas.

— Um camarada de fibra — elogiou Bletchley.

— Por fim — disse o comandante —, começaram a me dar ouvidos. Um novo chefe de polícia assumiu o cargo... um soldado aposentado. E ele teve o bom senso de considerar minhas desconfianças. Seus companheiros começaram a investigar. E, como esperado, Hahn desapareceu. Uma bela noite escafedeu-se e sumiu. A polícia bateu aqui com um mandado de busca e apreensão. Encontraram um rádio transmissor e alguns documentos comprometedores em um cofre embutido na parede da sala de jantar. E, embaixo da garagem, encontraram um depósito de gasolina... galões e mais galões. Confesso que fiquei exultante. Os camaradas lá do clube falavam que eu tinha síndrome de espião alemão. Ficaram de bico calado depois disso. O problema é que neste país, por incrível que pareça, não desconfiamos de nada.

— É vergonhoso. Energúmenos, é o que somos, um bando de energúmenos. Por que não trancafiamos todos esses refugiados?

O Major Bletchley estava empolgado.

— O fim da história é que acabei comprando a propriedade quando ela entrou no mercado — disse o comandante, sem se desviar de sua história. — Quer dar uma volta para conhecê-la, Meadowes?

— Claro, adoraria.

O Comandante Haydock parecia um garotinho feliz enquanto fazia as honras da casa. Abriu o cofre da sala de jantar para mostrar exatamente onde o rádio transmissor fora encontrado. Tommy foi conduzido até a garagem para ver o lugar em que os galões de gasolina estavam escondidos e, por fim, depois de uma espiadela nos dois belíssimos banheiros, na iluminação especial e nos inúmeros utensílios de cozinha, foi convidado a descer a escada de degraus de concreto a caminho da enseada enquanto ouvia o Comandante Haydock repetir a extrema utilidade que aquela geografia teria para um inimigo em tempos de guerra.

O proprietário guiou Tommy para dentro da caverna que deu nome à casa enquanto descrevia, cheio de entusiasmo, como o lugar poderia ser utilizado.

O Major Bletchley não acompanhou os dois nesse passeio, mas permaneceu na varanda bebericando seu drinque tranquilamente. Tommy chegou à conclusão de que a caçada ao espião e seu desfecho bem-sucedido era o único e principal assunto do comandante, e que o amigo já ouvira aquela história dezenas de vezes.

O Major Bletchley confirmou suas suspeitas enquanto eles desciam a colina em direção à Sans Souci horas depois.

— Bom sujeito, o Haydock. Mas ele não se contenta em deixar uma boa história descansar. Já ouvi essa história do espião tantas e tantas vezes que não aguento mais. Ele fica tão orgulho de sua atuação quanto uma gata de seus filhotes.

A comparação era um bocado verdadeira, e Tommy assentiu com um sorriso.

Quando o rumo da conversa mudou para o êxito do Major Bletchley ao desmascarar um contínuo desonesto em 1923, Tommy se sentiu livre para dedicar-se à própria linha de pensamento, pontuando a conversa com simpáticos "É mesmo?",

"Não me diga!", "Mas que maravilha", que eram tudo que o major precisava como encorajamento.

Mais do que nunca, Tommy sentia que, quando o moribundo Farquhar mencionou a Sans Souci, estava de fato indicando o caminho certo. Aqui, neste fim de mundo, a preparação havia começado muito tempo atrás. A chegada do alemão, Hahn, e suas instalações monumentais eram a prova de que aquela parte específica da costa fora escolhida como ponto de convergência de atividades inimigas.

Esse plano em particular fora atrapalhado pelas atividades inesperadas do desconfiado Comandante Haydock. A Grã-Bretanha tinha feito o primeiro ponto. Mas quem sabe a Toca do Belchior não era apenas o primeiro passo de um intricado esquema de ataque? Digamos que a casa representasse o acesso marítimo. Aquela praia na enseada, acessível apenas por aquela trilha particular, caberia perfeitamente como parte do plano. Mas era só um pedaço do todo.

Com esse detalhe arruinado por Haydock, cabia agora perguntar qual tinha sido a reação do inimigo. Será que havia recorrido à segunda melhor opção, ou seja, Sans Souci? A investigação e a descoberta de Hahn ocorrera quatro anos atrás. Pelo que Sheila Perenna lhe dissera, Tommy calculou que fora logo depois de Mrs. Perenna voltar para a Inglaterra e comprar a Sans Souci. Seria esse o próximo passo?

Segundo essa teoria, Leahampton de fato parecia ser o centro das atividades do inimigo... com instalações e afiliações na vizinhança.

Ele ficou animado. A depressão gerada pela atmosfera inofensiva e fútil da pensão desapareceu. A inocência do lugar era apenas uma camada superficial. Tudo acontecia por debaixo daquela máscara.

E, pelo que Tommy podia presumir, Mrs. Perenna era a figura central. A primeira coisa a se fazer era descobrir mais sobre ela, investigar sua rotina aparentemente simples como administradora da casa. Suas correspondências, suas relações pessoais, suas atividades sociais ou voltadas à guerra... talvez a verdadeira essência de suas atividades reais estivesse em meio a tudo isso. Se Mrs. Perenna fosse a tal famosa agente M, então era ela quem comandava todas as atividades da quinta-coluna no país. É certo que sua identidade era conhecida por poucos... apenas por aqueles que estavam no topo da organização. Mesmo assim, ela precisava se comunicar com os chefes e sua equipe, e era essa troca de informações que ele e Tuppence tinham de grampear.

No momento mais oportuno, concluiu, a Toca do Belchior poderia ser invadida e tomada... por parte de alguns dos cabeças que operavam na Sans Souci. Essa ocasião ainda não havia chegado, mas poderia estar perto de acontecer.

Assim que os alemães tomassem o controle dos portos da França e da Bélgica, eles se concentrariam na invasão e na subjugação da Inglaterra, e as coisas iam de mal a pior na França naquele momento.

A Marinha britânica era a toda-poderosa dos mares, então o ataque ocorreria pelo espaço aéreo ou por alguma traição interna... e, se a base da traição estava sob os cuidados de Mrs. Perenna, não havia tempo a perder.

As palavras do Major Bletchley coincidiram com seus pensamentos.

— Veja você, eu notei que não havia mais tempo a perder. Falei com Abdul, meu palafreneiro... grande camarada, o Abdul...

E prosseguiu em sua história monótona.

Tommy pensava: "Por que Leahampton? Teria alguma razão? É um lugar reservado, um pouco isolado. Conservador e antiquado. Talvez estes fossem os grandes atrativos. O que mais?"

Havia também um pequeno trecho rural, que se estendia para o interior. Muito pasto. Adequado para pouso de aviões de carga ou tropas de paraquedistas. Mas isso ocorria em diversos outros lugares. Havia também uma vasta indústria química onde, era importante lembrar, Carl von Deinim trabalhava.

Carl von Deinim... Será que ele se encaixava naquela história? Bem até demais. Ele não era, como Grant apontara, o líder. Mas talvez fosse uma peça da engrenagem. Estava fadado à suspeita e ao aprisionamento a qualquer instante. Nesse ínterim, porém, poderia muito ter cumprido sua tarefa. Ele disse a Tuppence que estava trabalhando em experimentos de descontaminação e imunização de certos gases. Havia possibilidades... possibilidades desagradáveis a serem consideradas.

Tommy concluiu (com relutância) que sim, Carl estava envolvido. Uma pena, pois gostava do sujeito. Pensando melhor, ele estava trabalhando por seu país, arriscando a própria vida. Tommy respeitava aquele tipo de adversário, entendia o sentimento... Uma execução poderia esperá-lo, mas o rapaz sabia disso quando aceitou o trabalho.

Já as pessoas que traíam a própria nação, de dentro para fora... essas, sim, despertavam uma fúria vingativa em Tommy. Deus é testemunha, ele as pegaria uma a uma!

— E foi assim que consegui pegar aqueles miseráveis! — disse o major, triunfante, concluindo sua história. — Uma esperteza sem tamanho, não acha?

Com descaramento, Tommy confirmou:

— A solução mais engenhosa que já ouvi, major.

———

Mrs. Blenkensop lia uma carta escrita em papel fino importado, cujo envelope havia sido carimbado pela Censura.

Por acaso, aquilo era resultado direto de sua conversa com "Mr. Faraday".

— De meu querido Raymond — murmurou ela. — Fiquei bem feliz em saber que ele está no Egito, e que agora, ao que tudo indica, outra mudança acontecerá. Tudo é *muito* confidencial, claro, e ele nem pode *comentar* o assunto... disse apenas que existe um plano maravilhoso e que devo me preparar para uma *grande surpresa* em breve. Fico tão feliz em saber aonde ele está indo, mas não entendo por quê... Bletchley resmungou.

— Ele com certeza não poderia ter lhe informado isso, não? Tuppence deu uma risada de desprezo e olhou ao redor, à mesa do café da manhã, enquanto dobrava sua preciosa carta.

— Ah, temos nossos métodos! — disse ela, maliciosa. — Meu querido Raymond sabe que, se me informar onde está ou para onde será transferido, não ficarei tão preocupada. É um método bem simples, por sinal. Basta uma palavra, então as letras iniciais das palavras subsequentes revelam o nome do lugar. É claro que, às vezes, isso resulta em frases hilariantes... mas Raymond é muito engenhoso. Tenho certeza de que *ninguém* notaria.

Burburinho em volta da mesa. O momento fora escolhido a dedo; pela primeira vez, todos os hóspedes estavam reunidos tomando café da manhã.

Bletchley, em tanto afobado, retrucou:

— A senhora me desculpe, Mrs. Blenkensop, mas essa é uma ideia de jerico. Tudo que os alemães querem é descobrir a movimentação das tropas e dos esquadrões aéreos.

— Ah, mas nunca abro o bico! — exclamou Tuppence. — Sou bastante cuidadosa.

— Ainda assim, é deveras imprudente... e seu filho ainda vai se encrencar por causa disso.

— Ah, espero que não. Sou a *mãe* dele. As mães *têm* que saber.

— De fato, acho que tem razão — ribombou Mrs. O'Rourke.

— Nem as forças supremas conseguiriam arrancar essas informações de você... tenho certeza.

— Cartas podem ser lidas por qualquer pessoa — retrucou Bletchley.

— Tomo muito cuidado para não deixar minhas cartas dando sopa por aí — disse Tuppence, com um ar de orgulho ferido. — Guardo tudo a sete chaves.

Bletchley balançou a cabeça em descrença.

Era uma manhã cinza, com vento frio soprando do mar. Tuppence estava sozinha no canto mais extremo da praia.

Tirou da bolsa duas cartas que acabara de pegar em um jornaleiro da cidade.

As cartas demoraram algum tempo para chegar pois haviam sido encaminhadas para Leahampton, desta vez a uma tal de Mrs. Spender. Tuppence gostava de embaralhar seus rastros. Os filhos achavam que ela estava na Cornualha, na casa de uma tia velha.

Abriu a primeira mensagem.

Querida mãezinha,
Tenho muitos casos cômicos a contar, mas não posso. Acho que estamos fazendo um bom trabalho por aqui. A cotação do mercado hoje é de cinco aviões alemães antes do café da manhã. No momento, vivemos o caos, mas acho que, no fim, tudo dará certo.
O modo como eles metralham os pobres civis nas estradas acaba comigo. Fico doido de ódio. Gus e Trundles mandam lembranças a você. Eles estão firmes e fortes.
Não se preocupe comigo. Estou bem. Não teria perdido esse espetáculo por nada nesse mundo. Um abraço no Cenourão... por acaso W.O. já arranjou um emprego?
Com carinho,
Derek

Os olhos de Tuppence se iluminaram de emoção enquanto lia e relia a carta.

Então abriu a outra.

Querida mãezinha,
Como vai a tia Gracie? Firme e forte? Você é uma sobrinha maravilhosa por estar aí com ela. Eu não conseguiria. Nenhuma novidade por aqui. Meu trabalho é interessante, mas ultrassecreto, não posso contar nada. Sinto que estou fazendo algo que vale a pena. Não se desgaste por não ter conseguido um trabalho na guerra... São tão tolas todas essas idosas que correm para lá e para cá, querendo fazer alguma coisa. Eles precisam de pessoas jovens e eficientes. Como vai o trabalho novo do Cenourão na Escócia? Preenchendo formulários sem fim, acredito. Ainda assim, vai ser bom pra ele se sentir útil.
Com amor,
Deborah.

Tuppence abriu um sorriso.

Ela dobrou as cartas, alisou os papéis com devoção; em seguida, atrás de um quebra-mar, riscou um fósforo e tacou fogo. Esperou até que virassem cinzas.

Em seguida, pegou sua caneta-tinteiro e um bloquinho e escreveu, às pressas.

Langherne, Cornualha
Querida Deb,
Estou tão distante da guerra que mal posso acreditar que ela esteja mesmo acontecendo. Fiquei bastante feliz em saber que está satisfeita com o trabalho.
Tia Gracie está cada vez mais debilitada e confusa. Acho que se alegra com minha presença. Fala sem parar sobre os velhos tempos e, às vezes, acho que me confunde com minha mãe. A agricultura segue a todo vapor... transformaram o jardim de rosas em um jardim de batatas. Dou

uma mãozinha ao velho Sikes. Isso me faz sentir que estou sendo útil na guerra. Seu pai parece um pouco insatisfeito, mas concordo com você: ele também está feliz por estar fazendo alguma coisa.
Com amor,
Mamãe Tuppenny

Pegou outra folha de papel e começou a escrever:

Querido Derek,
Que alívio receber sua carta. Quando não tiver tempo de escrever, mande cartões-postais.
Vim cuidar um pouco da tia Gracie. Ela está muito debilitada. Sempre fala de você como se ainda tivesse 7 anos e ontem me deu dez xelins para mandar para você como presente. Continuo na geladeira, ninguém precisa de meus inestimáveis serviços! É incrível! Seu pai, como já falei, arranjou um emprego no Ministério do Planejamento. Está vivendo no Norte. Melhor do que nada, mas não era o que ele queria. Pobre Cenourão. Ainda assim, acho que devemos ser modestos, dar um passo para trás e deixar a guerra para vocês, jovens tolos.
Nem preciso dizer para tomar cuidado, porque imagino que vá fazer justamente o contrário. Mas não dê uma de idiota! Com muito amor,
Tuppence.

Envelopou as cartas, endereçou, selou e as postou a caminho da Sans Souci.

Quando chegou no sopé da colina, notou duas figuras conversando um pouco acima dela.

Tuppence ficou imóvel. Era a mesma estranha que tinha encontrado no dia anterior, e Carl von Deinim conversava com ela.

Insatisfeita, Tuppence percebeu que estava sem cobertura. Não conseguiria se aproximar sem ser vista para ouvir a conversa.

E, para completar, bem naquele momento o jovem alemão virou a cabeça e notou sua presença. Os dois se dispersaram de maneira um tanto abrupta. A mulher desceu a colina às pressas, cruzou a estrada e passou por Tuppence do outro lado da rua.

Carl von Deinim esperou até que Tuppence se aproximasse. Então com solenidade e educação, desejou-lhe bom dia.

Tuppence disparou:

— Mas que mulher estranha aquela que conversava com o senhor, Mr. Von Deinim.

— Sim. É da Europa Central. Polaca.

— É mesmo? Ela é... sua amiga? — Tuppence imitou com muita eficiência o tom investigativo de tia Gracie na juventude.

— Não — disse Carl, assertivo. — Nunca vi a mulher antes.

— Ah, é mesmo? Pensei que... — Tuppence fez uma pausa.

— Ela apenas pediu orientação. Falei em alemão porque ela não entende muito inglês.

— Entendi. E para onde ela queria ir?

— Ela perguntou se eu conhecia uma Mrs. Gottlieb por aqui. Disse "não", e ela falou que talvez tenha se confundido de casa.

— Ah, entendo — disse Tuppence, reflexiva.

Mr. Rosenstein. Mrs. Gottlieb.

Ela olhou para Carl von Deinim de relance. Ele caminhava ao seu lado com uma expressão tensa.

Tuppence estava definitivamente desconfiada daquela estranha mulher. E tinha quase certeza de que, quando avistou os dois, eles conversavam fazia um bom tempo.

Carl von Deinim? Será mesmo?

Lembrou-se de Carl e Sheila naquela manhã: "Você precisa tomar cuidado."

Tuppence pensou: "Espero... espero que esses jovens não estejam *metidos* nessa história!"

Coração mole, uma senhora de coração mole! Era isso que era! O nazismo era uma doutrina da juventude. Os agentes nazistas deviam ser jovens. Carl e Sheila. Tommy disse que Sheila não tinha nada a ver com aquilo. Talvez sim, mas Tommy era homem, e Sheila tinha uma beleza diferente, de tirar o fôlego.

Carl, Sheila e, por trás deles, aquela figura enigmática: Mrs. Perenna. Mrs. Perenna, às vezes, uma dona de pensão como qualquer outra, às vezes, por brevíssimos minutos, uma personalidade violenta e trágica.

Tuppence subiu para o quarto com calma.

Naquela noite, antes de ir pra cama, ela abriu a grande gaveta de sua cômoda. De um lado, havia uma caixinha envernizada de fechadura barata. Tuppence vestiu as luvas e destrancou a caixa, revelando uma pilha de cartas. Logo em cima, a carta que recebera de "Raymond" naquela manhã. Tuppence abriu a missiva tomando as devidas precauções.

Contraiu os lábios com determinação. Hoje mais cedo havia um cílio na dobra do papel. O cílio tinha desaparecido.

Foi ao lavabo. Havia um pequeno frasco cujo rótulo informava, ingenuamente, "pó cinza", com uma única dose.

De maneira hábil, Tuppence despejou um pouco do pó sobre a carta e a tampa lustrosa da caixa.

Não havia impressões digitais em nenhuma das superfícies.

Tuppence assentiu com satisfação determinada.

Pois deveria haver impressões digitais... as dela.

Alguma arrumadeira poderia ter lido as cartas por curiosidade, embora parecesse improvável... mais improvável ainda que tivesse se dado ao trabalho de encontrar a chave para abrir a caixa.

No entanto, uma empregada não se preocuparia em limpar as impressões digitais.

Mrs. Perenna? Sheila? Outra pessoa? No mínimo essa pessoa tinha interesse em saber os passos do Exército britânico.

A estratégia de Tuppence era simples. Primeiro, reunir um

apanhado de probabilidades e possibilidades. Depois, tentar descobrir se algum dos hóspedes da Sans Souci estava interessado no movimento das tropas e ansioso para ocultar esse fato. Terceiro... saber quem era essa pessoa.

Era sobre esse terceiro aspecto do plano que Tuppence refletia na manhã seguinte, ainda na cama. Sua linha de raciocínio foi levemente interrompida por Betty Sprot, que entrou no seu quarto logo cedo, antes mesmo que o tépido e fraco chá da manhã fosse servido.

Betty era enérgica e falante. Desenvolvera uma grande afeição por Tuppence. Ela subiu na cama, enfiou um livro ilustrado e totalmente esfarrapado sob seu nariz e ordenou:

— Lhê.

Tuppence obedeceu.

— Ganso, gansinho, gansado, hoje qual será a maratona? Subo escada, desço escada, vou no quarto da minha dona.

Betty rolava de emoção e repetia, extasiada:

— Pa cima... pa cima... pa cima — Então, em um clímax repentino: — Pa *baixo* — concluía, rolando para fora da cama com um baque.

Ela repetiu a sequência inúmeras vezes até cansar. Então foi engatinhar pelo chão, brincando com os sapatos de Tuppence e balbuciando para si mesma em seu idioma particular:

— Abi du... bali dadpa... diii... bupedupe... piiiu.

Livre para voltar às suas perplexidades, a mente de Tuppence se esqueceu da criança. As palavras da riminha infantil pareciam zombar de sua cara.

"Ganso, gansinho, gansado, hoje qual será a maratona?"

De fato, qual seria? Gansinho era ela, Gansado era Tommy. Para todos os efeitos, eram o que pareciam ser! Tuppence sentia o mais profundo desprezo por Mrs. Blenkensop. Mr. Meadowes, pensou, era um pouco melhor... impassível, inglês, sem imaginação... deveras estúpido. Mas os dois, assim ela esperava, condiziam com o ambiente da Sans Souci. Pessoas que possivelmente se hospedariam ali.

De todo modo, não podiam se descuidar... era fácil cometer um deslize. Ela cometera um outro dia, nada grave, mas que funcionou como um alerta para que tomasse mais cuidado. Fora uma abordagem inocente, para puxar papo e criar vínculos leves, uma tricoteira iniciante pedindo orientações. Porém, esquecera-se de que, em outra noite, permitira que seus dedos tricotassem de forma eficiente, as agulhas estalando em um ritmo digno de experiência. Mrs. O'Rourke havia percebido. Desde então, esforçava-se para manter uma velocidade média, não tão desajeitada quanto no início, mas não tão rápida quanto podia ser.

— Adi bu du? — perguntou Betty, e repetiu: — Adi bu du?

— Lindo, querida — respondeu Tuppence, distraída. — Adorei.

Satisfeita, Betty voltou aos seus murmúrios.

Tuppence pensou que o próximo passo seria fácil. Isto é, com a conivência de Tommy. E ela já sabia exatamente o que fazer...

Enquanto planejava ali, deitada na cama, o tempo voou. Mrs. Sprot entrou no quarto, sem ar, procurando por Betty.

— Ah, ela está aqui. Eu não sabia onde ela tinha ido parar. Ah, Betty, sua danada... Mil perdões, Mrs. Blenkensop.

Tuppence se sentou na cama. Betty, com uma expressão angelical, contemplava sua obra de arte.

Ela havia tirado todos os cadarços de todos os sapatos de Tuppence e os afogado em um copo d'água. Agora os cutucava animadamente com o dedinho.

Tuppence riu e dispensou as desculpas de Mrs. Sprot.

— Que coisa mais fofa. Não se preocupe, Mrs. Sprot, eles vão se recuperar. A culpa foi minha. Eu deveria ter prestado atenção no que ela estava fazendo. Mas a menina estava tão silenciosa!

— Ah, eu sei bem — suspirou Mrs. Sprot. — Quando as crianças estão quietas demais é mau sinal. Vou sair agora para comprar cadarços para a senhora, Mrs. Blenkensop.

— Não se preocupe com isso — retrucou Tuppence. — Daqui a pouco estarão secos.

Mrs. Sprot saiu levando Betty, e Tuppence se levantou para colocar o seu plano em ação.

Capítulo 6

Tommy olhou com cautela para o pacote que Tuppence lhe entregou.
— É isso?
— É. Cuidado. Não deixe cair em você.
Tommy farejou o pacote e respondeu em tom enérgico:
— De forma alguma. Que coisa repugnante é essa?
— Assa-fétida — respondeu Tuppence. — Uma pitada disso e, como diz a propaganda, você vai se perguntar por que seu namorado de repente perdeu o interesse em você.
— Essência de suor — murmurou Tommy.
Depois disso, ocorreram vários incidentes.
Primeiro, o cheiro no quarto de Mr. Meadowes.
Mr. Meadowes, que não era muito de reclamar, comentou brevemente a ocorrência e depois passou a ser mais enfático.
Mrs. Perenna foi intimada a um conclave. Mesmo com extrema relutância, teve que admitir que havia de fato um cheiro no quarto. Um cheiro forte e desagradável. Talvez, sugeriu ela, fosse um vazamento de gás.
Abaixando-se para conferir, Tommy comentou que não achava que o cheiro viesse dali. Nem de debaixo do chão. Achava, sem dúvida, de que se tratava de... um rato morto.
Mrs. Perenna confessou que já ouvira casos assim... mas tinha certeza de que não havia ratos na Sans Souci. Talvez um camundongo... embora nunca tivesse visto um.

Mr. Meadowes, resoluto, disse que o cheiro indicava no mínimo a presença de um rato... e reiterou, com firmeza, que não dormiria mais uma noite naquele quarto até que o problema fosse resolvido. Pediu a Mrs. Perenna que lhe arranjasse outro quarto.

Mrs. Perenna disse que claro, ela mesma estava prestes a fazer aquela sugestão. Mas que, infelizmente, o único quarto vago na pensão era bem menor e não tinha vista para o mar, mas que, se Mr. Meadowes não se importasse...

Mr. Meadowes não se importava. Seu único desejo era ficar longe daquele fedor. Mrs. Perenna então o acompanhou até o quartinho, que por acaso ficava exatamente em frente ao quarto de Mrs. Blenkensop, e pediu que Beatrice, a fanha que beirava a estupidez, "levasse as coisas de Mrs. Meadowes para o outro quarto". Explicou ainda que ia chamar "um homem" para vasculhar o assoalho e detectar a origem daquele cheiro.

Esta foi a solução do primeiro incidente.

O segundo incidente foi a febre dos fenos de Mr. Meadowes. Esse foi o nome que ele deu, a princípio. Depois reconheceu, mesmo que ainda incerto, de que poderia ter sido apenas um resfriado. Espirrava muito, seus olhos não paravam de lacrimejar. Se chegou a haver uma remota alusão a uma brisa de cebola crua pairando sobre o lenço de seda de Mr. Meadowes, ninguém percebeu, talvez porque um forte aroma de água de colônia mascarava o odor mais penetrante.

Por fim, derrotado depois de tanto espirrar e assoar o nariz, Mr. Meadowes passou o dia de cama.

Naquela mesma manhã, Mrs. Blenkensop recebeu uma carta de seu filho Douglas. A mulher ficou tão feliz e animada que todos os hóspedes da Sans Souci tomaram conhecimento do acontecido. A carta não havia passado pela Censura, explicou ela, porque fora entregue pessoalmente por um amigo de Douglas que saíra de licença; então, pela primeira vez, Douglas pôde escrever aquilo que desejava.

— E isso só mostra — declarou Mrs. Blenkensop, balançando a cabeça com ar de sabedoria — como sabemos pouco do que anda acontecendo.

Depois do café da manhã, ela subiu para o quarto, abriu a caixinha envernizada e guardou a carta. Entre as folhas dobradas, havia alguns farelos de pó de arroz indetectáveis. Ela fechou a caixa e pressionou a tampa com os dedos. Ao sair do quarto e tossir, Tuppence ouviu um espirro altamente teatral vindo da porta em frente.

Ela sorriu e desceu a escada.

Já havia anunciado que pretendia passar o dia em Londres; precisava resolver umas pendências com seu advogado e fazer compras.

Todos os hóspedes agora lhe davam adeus e pediam inúmeras encomendas... "se você tiver tempo, é claro".

O Major Bletchley não participou daquela algazarra. Estava lendo seu jornal e comentando as manchetes em voz alta: "Porcos alemães. Metralhando refugiados nas estradas. Desgraçados, imundos. Se dependesse de mim..."

Quando Tuppence saiu, o major continuava falando o que *ele* faria caso fosse o responsável pelas operações.

Ela deu uma passada no jardim para perguntar a Betty Sprot o que ela queria de presente de Londres.

Betty, que apertava um caracol entre as mãos, gorgolejou com euforia. Em resposta às sugestões de Tuppence — "Um gatinho? Um livro ilustrado? Giz colorido para desenhar?" —, a menina decidiu: "Betty desenha." E Tuppence anotou "giz colorido" na lista.

Ao seguir em frente a fim de pegar a trilha atrás do jardim e voltar à estrada, Tuppence se deparou de repente com Carl von Deinim. Ele estava de pé, recostado ao muro. Tinha as mãos em punho e, quando Tuppence se aproximou, ele se virou para encará-la, com o rosto impassível contraído de emoção.

Tuppence, sem querer, fez uma pausa e perguntou:

— Aconteceu alguma coisa?

— *Ach*, sim, aconteceu tudo — disse ele, com a voz rouca e artificial. — Sabe a expressão "não se pode agradar a gregos e troianos"?

Tuppence confirmou.

Carl prosseguiu, com amargura:

— Eu não agrado nem a gregos nem a troianos. Não aguento mais. Acho que seria melhor acabar com isso de uma vez.

— Como assim?

— A senhora foi gentil comigo. Acho que consegue entender. Fugi do meu país por causa da crueldade e da injustiça. Vim aqui em busca de liberdade. Odiava a Alemanha nazista. Mas não deixei de ser alemão. Isso não muda.

Tuppence murmurou:

— Imagino que seja difícil...

— Não é isso. Sou alemão, simples assim. De corpo... e alma. A Alemanha continua sendo minha pátria. Quando ouço falar das cidades bombardeadas, dos soldados alemães morrendo, dos aviões derrubados, eu penso... é meu povo que está morrendo. Quando o velho horrível do major lê seu jornal em voz alta e diz "aqueles porcos", eu sinto ódio... É difícil aguentar.

E, mais calmo, acrescentou:

— Então acho que talvez seja melhor acabar com tudo de uma vez. Dar um fim.

Tuppence segurou seu braço com firmeza.

— Bobagem — repreendeu ela. — É claro que se sente mal. Qualquer um se sentiria assim. Mas precisa aguentar firme.

— Preferia ter sido preso. Seria mais fácil.

— Sim, provavelmente seria. Mas, enquanto isso, você está fazendo um trabalho de grande utilidade... ou foi o que ouvi dizer. Não só para a Inglaterra, mas para a humanidade. Está trabalhando com descontaminação, não é?

O rosto de Carl se iluminou.

— Ah, sim, e fiz grande progresso. É um processo simples, fácil de adaptar e de executar.

— Então — disse Tuppence —, vale a pena. Qualquer coisa capaz de mitigar o sofrimento vale a pena... qualquer coisa que é construtiva, e não destrutiva. É natural insultar o outro lado. O mesmo ocorre na Alemanha. Centenas de Majores Bletchleys, espumando pela boca. Eu mesma odeio os alemães. Quando digo "os alemães", sinto ondas de aversão pelo corpo. Contudo, quando penso nos alemães como indivíduos, nas mães ansiosas à espera de notícias dos filhos, rapazes deixando suas casas para ir à guerra, nos camponeses em suas colheitas, nos comerciantes com suas lojas pequenas, enfim, quando penso nos alemães bondosos e gentis que conheço, me sinto diferente. Sei que são seres humanos e que compartilhamos dos mesmos sentimentos. É isso que importa. O resto não passa da máscara de guerra que usamos. Faz parte da guerra, provavelmente até é uma parte necessária da guerra, mas vai passar.

Enquanto falava, pensou no que Tommy dissera havia pouco tempo, quando mencionou as últimas palavras da enfermeira Cavell: "Patriotismo não basta... É preciso não ter ódio no coração."

Aquela frase, proferida por uma mulher extremamente patriota, sempre lhes pareceu o epítome do sacrifício.

Carl von Deinim pegou a mão de Tuppence e beijou-a.

— Obrigado. Tudo que diz tem bondade e verdade. Serei mais corajoso.

"Ah, céus", pensou Tuppence, enquanto descia a colina em direção à cidade, "é uma pena que a pessoa de que mais gosto neste lugar seja um alemão. Deixa tudo tão confuso!"

Tuppence era meticulosa. Embora não desejasse ir a Londres, julgou sensato fazer o que anunciara. Caso resolvesse apenas dar um passeio em qualquer outro lugar naquele dia, alguém poderia vê-la e levar a notícia à Sans Souci.

Não, se Mrs. Blenkensop dissera que ia a Londres, então a Londres deveria ir.

Quando estava terminando de comprar sua passagem e saía do balcão de reservas, esbarrou com Sheila Perenna.

— Olá — disse Sheila. — Aonde está indo? Vim aqui resolver uma encomenda que foi extraviada.

Tuppence explicou seus planos.

— Ah, sim, é claro — falou Sheila em tom tranquilo. — Lembro-me de ouvir a senhora comentar que ia a Londres, mas não me dei conta de que seria hoje. Deixe-me acompanhá-la até o trem.

Sheila estava mais animada que o normal. Não estava rabugenta nem mal-humorada. Simpática, a moça comentou sobre pequenos detalhes do cotidiano na Sans Souci. Continuou conversando com Tuppence até a partida do trem.

Depois de acenar da janela e observar a moça dar-lhe as costas, Tuppence voltou para seu assento no canto do trem e pôs a refletir, concentrada.

Teria sido, ponderou, mesmo um acaso o fato de Sheila estar na estação naquele momento? Ou seria uma prova da cautela do inimigo? Será que Mrs. Perenna queria ter certeza de que a falastrona Mrs. Blenkensop realmente *fora* a Londres?

Parecia bastante que sim.

Foi apenas no dia seguinte que Tuppence conseguiu ter uma conversa com Tommy. Haviam combinado de nunca tentar se comunicar sob o teto da Sans Souci.

Mrs. Blenkensop encontrou Mr. Meadowes enquanto este, já um pouco recuperado da febre dos fenos, dava um passeio pela orla. Os dois se sentaram em um dos banquinhos da esplanada.

— Então? — perguntou Tuppence.

Tommy fez um lento aceno de cabeça. Parecia bastante desanimado.

— Sim — confirmou ele. — Descobri uma coisa. Mas, meu Deus, que dia. Não tirei o olho da fresta da porta. Estou com o pescoço duro.

— Deixe seu pescoço de lado — disse Tuppence, indiferente. — Conte-me tudo.

— Bem, as arrumadeiras entraram lá para fazer a cama e arrumar o quarto, é claro. Mrs. Perenna também entrou... mas foi quando as arrumadeiras estavam lá e me parece que a única coisa que fez foi repreendê-las por algum motivo. E a menininha também entrou uma vez e saiu com um cachorro de pelúcia.

— Certo, certo. Quem mais?

— Só mais uma pessoa — disse Tommy, reticente.

— Quem?

— Carl von Deinim.

— Ah! — falou Tuppence, com uma pontada no coração. Então, no fim das contas...

— Quando? — perguntou ela.

— Na hora do almoço. Ele se retirou mais cedo da sala de refeições, subiu para o quarto dele, então deu uma escapulida para o seu. Ficou lá dentro por uns quinze minutos.

Silêncio.

— Acho que essa é a confirmação, não?

Tuppence assentiu.

Sim, era a confirmação. Carl von Deinim não tinha motivo algum para entrar no quarto de Mrs. Blenkensop e ficar quinze minutos lá. A não ser que... Sua cumplicidade estava comprovada. Devia ser, pensou Tuppence, um ator maravilhoso...

As palavras dele naquela manhã soaram tão verdadeiras. Bem, talvez fossem verdadeiras em certo sentido. Saber quando usar a verdade era a essência de um bom disfarce. Carl von Deinim, sem dúvidas, era um patriota, era um agente inimigo infiltrado, servindo ao seu país. Poderia ser respeitado por isso. Sim... mas também destruído.

— Que lástima — disse Tuppence, devagar.

— Concordo — respondeu Tommy. — Ele parecia ser um bom sujeito.

— Nós poderíamos estar fazendo o mesmo na Alemanha.

Tommy concordou. Tuppence prosseguiu.

— Bem, agora sabemos mais ou menos onde estamos pisando. Carl von Deinim age em parceria com Sheila e a mãe dela. Provavelmente é Mrs. Perenna quem manda em tudo. Também tem aquela estrangeira que estava conversando com Carl ontem. Ela está envolvida de alguma maneira.

— O que faremos agora?

— Precisamos vasculhar o quarto de Mrs. Perenna. Talvez encontremos alguma pista. E precisamos segui-la também... saber aonde vai e quem anda encontrando. Tommy, temos que chamar Albert.

Tommy ponderou a ideia.

Muitos anos trás, Albert, um pajem de hotel, reunira suas forças às do jovem casal Beresford e participara de suas aventuras. Até que entrou oficialmente para a missão e passou a atuar como base doméstica das operações. Há uns seis anos, Albert se casou e atualmente era o orgulhoso proprietário de um pub no sul de Londres, The Duck and Dog.

Tuppence persistiu.

— Ele ficará felicíssimo. Vamos convocá-lo. Ele pode ficar no pub perto da estação e manter o olho nas Perenna por nós... ou em qualquer outro.

— Mas e Mrs. Albert?

— Na segunda-feira passada, soube que ela estava indo com as crianças para a casa da mãe em Gales. Por causa dos ataques aéreos. É a situação perfeita.

— Sim, é uma ótima ideia, Tuppence. Se eu ou você seguíssemos a mulher, levantaríamos suspeitas. Albert é perfeito. Agora, outra coisa... acho que devemos tomar cuidado com aquela tal polonesa que estava conversando com Carl outro dia e circulando por aí. Tenho a impressão de que ela deve representar a outra ponta do esquema... e é isso que estamos ansiosos para descobrir.

— Ah, sim, de acordo. Ela vem para receber ordens ou dar recados. Da próxima vez que a virmos, um de nós precisa segui-la para descobrir mais.

— E quanto a investigar o quarto de Mrs. Perenna... e de Carl também, imagino?

— Não acho que encontraremos nada de relevante no quarto dele. Sendo alemão, ele está sujeito à busca e revista policial, então não pode guardar qualquer coisa que seja comprometedora. Já o quarto de Perenna vai ser difícil. Quando ela não está na pensão, Sheila assume o comando, e Betty e Mrs. Sprot vivem para cima e para baixo na escada. Também tem Mrs. O'Rourke, que passa muito tempo no quarto.

Tuppence fez uma pausa antes de concluir:

— A hora do almoço é o melhor momento.

— Para entrar no quarto de Carl?

— Sim. Eu poderia ter uma dor de cabeça e ir para meu quarto... Aliás, é melhor não, pois alguém pode querer subir para cuidar de mim. Já sei, vou entrar lá discretamente logo antes do almoço e escapulir para o meu quarto sem comentar com ninguém. Aí depois do almoço posso dizer que tive uma dor de cabeça.

— Não é melhor eu fazer isso? Posso ter uma recaída da minha febre dos fenos.

— Pode deixar comigo. Se alguém me ver, posso dizer que estava procurando por uma aspirina ou algo do tipo. Já um hóspede do sexo masculino dentro do quarto de Mrs. Perenna poderia gerar muito mais especulação.

Tommy deu um sorrisinho.

— Um escândalo.
Então ficou sério. Parecia tenso e ansioso.
— Temos que nos apressar, querida. Péssimas confirmações hoje. Precisamos agir.

Tommy retomou sua caminhada e logo entrou nos correios para ligar para Mr. Grant e informar que "a operação recente foi bem-sucedida e nosso camarada C sem dúvidas está envolvido".

Em seguida, escreveu uma carta e postou. Endereçada a Mr. Albert Batt, The Duck and Dog, Glamorgan Street, Kennington.

Por fim, comprou um jornal semanal que professava informar à sociedade inglesa o que de fato estava acontecendo e retomou inocentemente seu passeio em direção à Sans Souci.

Logo foi saudado pela voz robusta do Comandante Haydock, que, inclinando seu corpo para fora do carro de dois lugares, gritou:

— Ei, Meadowes, quer uma carona?

Tommy aceitou, agradecido, e entrou no carro.

— Quer dizer que lê esse pasquim, é? — questionou Haydock, olhando para a capa escarlate do *Inside Weekly News*.

Mr. Meadowes demonstrou a costumeira e sutil confusão que sentem todos os leitores daquele semanário quando questionados sobre o assunto.

— Um jornalzinho de quinta categoria — concordou. — Mas, às vezes, parece que eles sabem o que acontece por debaixo dos panos.

— E, às vezes, estão redondamente enganados.

— Ah, sem dúvida.

— A verdade é que — disse o Comandante Haydock, fazendo uma curva errática em uma rua de mão única e quase batendo de frente com um furgão — as pessoas só lembram quando o resultado é positivo.

— Acha verossímil esse boato de que Stálin estaria se aproximando de nós?

— Pensamento positivo, meu caro, pensamento positivo — disse o Comandante Haydock. — Os russos não valem nem nunca valeram um centavo. Meu conselho é nunca confiar no que afirmam. Ouvi dizer que você andou adoentado, é verdade?

— Apenas uma febrezinha dos fenos. Sempre fico assim nessa época do ano.

— Sei como é. Nunca sofri disso, mas conheci um camarada que tinha o mesmo mal. Sempre ficava de cama em junho. Acha que consegue encarar uma partidinha de golfe?

Tommy respondeu que adoraria.

— Ótimo. Que tal amanhã? De minha parte, só tenho que ir a um encontro sobre essa questão dos paraquedistas. Precisamos achar soldados voluntários... o que é uma ótima ideia, se quer saber. É preciso que todos façam todo o possível. Que tal por volta das seis?

— Por mim, perfeito, obrigado.

— Certo, então está combinado.

O comandante deu uma freada abrupta ao portão da Sans Souci.

— E a bela Sheila, como anda?

— Acho que vai bem. Não a tenho visto muito.

— Não tanto quanto gostaria, hein? — Haydock soltou uma gargalhada escandalosa. — Que beleza de moça, mas um tanto grosseira. Anda para cima e para baixo com aquele alemão. Acho deveras antipatriótico. Tenho para mim que ela não olharia para velhos caretas como nós, mas há um monte de rapazes ingleses ponta-firme dando sopa por aí. Por que ficar de namoricos logo com um maldito alemão? Essas coisas me tiram do sério.

Mr. Meadowes disse:

— Cuidado, lá vem ele.

— Não estou nem aí se ele me ouvir! Espero que ouça, aliás. Queria dar um chute no traseiro dele. Qualquer teuto que se preze está lutando por seu país... e não na Inglaterra, com o rabo entre as pernas.

— Bom, para todos os efeitos, é menos um alemão para invadir o país.

— Porque ele já está aqui, não é? Ah, muito bom, Meadowes! Não que eu acredite nesse papo de invasão. Nunca fomos nem seremos invadidos! Temos a Marinha, graças a Deus!

Com essa fala patriótica, o comandante tirou o pé da embreagem, e o carro deu um solavanco colina acima, em direção à Toca do Belchior.

Tuppence chegou ao portão da Sans Souci às 13h40. Evitou a entrada principal, cruzou o jardim e entrou pela janela da sala de visitas. Um cheiro de ensopado irlandês misturado ao barulho de pratos batendo e um murmúrio de vozes vinha de longe. A pensão estava a plenos vapores para a hora do almoço.

Tuppence esperou ao lado da porta da sala de visitas até que Martha, a empregada, passasse pelo corredor em direção ao salão de refeições, então subiu a escada correndo, descalça.

Ela entrou no quarto, calçou os chinelos macios de feltro e seguiu pelo corredor, na direção do quarto de Mrs. Perenna.

Ao entrar, olhou ao redor e sentiu uma onda de desgosto. Não era agradável invadir os aposentos dos outros. E seria imperdoável se Mrs. Perenna se mostrasse simplesmente Mrs. Perenna. Bisbilhotar a vida alheia...

Tuppence se sacudiu como um cachorrinho impaciente, uma reminiscência de sua infância. *Tinha uma guerra acontecendo lá fora!*

Foi até a penteadeira.

Com movimentos rápidos e ágeis, vasculhou cada uma das gavetas. Depois se aproximou da cômoda, que estava com uma das gavetas trancada. Parecia mais promissor.

Tommy havia recebido algumas ferramentas e instruções breves sobre como usá-las. Ele passou esses conhecimentos para Tuppence.

Com uma ou duas torções de pulso, a mulher conseguiu abrir a gaveta.

Havia uma caixa de dinheiro com vinte libras em notas e algumas pilhas de moedas... além de uma caixa de joias. E um bolo de papéis. Estes eram os de maior interesse para Tuppence. Ela folheou o bolo de papéis com agilidade, dando uma olhada superficial. Não tinha muito tempo a perder.

Papéis da hipoteca da Sans Souci, documentos de uma conta bancária, cartas. O tempo voava; Tuppence folheava cada documento, concentrando-se ao máximo para encontrar qualquer coisa que pudesse ter um duplo significado. Duas cartas de um amigo da Itália, missivas cheias de divagação, discursivas, aparentemente inofensivas. Mas talvez não tão inofensivas quanto davam a impressão de ser. Uma carta de um tal Simon Mortimer, de Londres... uma carta formal de negócios, tão sem importância que Tuppence se perguntou por que havia sido guardada. Será que Mr. Mortimer queria dizer algo mais? A última carta da pilha estava escrita em tinta preta desbotada, assinada por um tal Pat, e começava assim: "Esta será a última carta que lhe escrevo, minha querida Eillen..."

Não, isso não! Tuppence não conseguiria se obrigar a ler aquela epístola! Dobrou-a novamente, arrumou todas as cartas por cima dessa e, de repente, ao ouvir um barulho, fechou a gaveta — mas não teve tempo de trancá-la —, de forma que, quando a porta se abriu e Mrs. Perenna entrou, ela já estava no lavatório examinando os frascos de remédio.

Mrs. Blenkensop se virou com uma feição aflita, mas sonsa, para a dona da pensão.

— Ah, Mrs. Perenna, me perdoe. Cheguei em casa com uma dor de cabeça enlouquecedora e pensei em tomar uma aspirina e me deitar, mas não achei meus remédios e pensei que a senhora não se importaria se eu... Imaginei que encontraria alguma coisa por aqui, pois a ouvi oferecer algo para Miss Minton outro dia.

Mrs. Perenna entrou depressa no quarto. Com a voz impetuosa, ela disse:

— Ora, é claro, Mrs. Blenkensop, por que não me pediu?

— Sim, é o que eu devia ter feito. Mas sabia que estavam almoçando, e odeio, a senhora sabe, fazer *alvoroço*...

Ao passar por Tuppence, Mrs. Perenna pegou o frasco de aspirina sobre o lavatório.

— De quantas precisa? — perguntou, ríspida.

Mrs. Blenkensop pediu três. Escoltada por Mrs. Perenna, ela atravessou o corredor em direção ao próprio quarto e recusou a oferta de uma bolsa de água quente.

Ao sair do quarto, Mrs. Perenna disparou:

— Mas a senhora tem aspirinas, Mrs. Blenkensop. Eu já vi.

Tuppence exclamou depressa:

— Ah, eu sei! Sei que estão em algum lugar, mas, que estupidez a minha, não consegui encontrar.

Mrs. Perenna sorriu, mostrando os dentes grandes e brancos, e sugeriu:

— Bem, é melhor descansar até a hora do chá.

Saiu e fechou a porta. Tuppence respirou fundo e permaneceu deitada, imóvel, para o caso de Mrs. Perenna resolver voltar.

Será que havia suspeitado de alguma coisa? Aqueles dentes, grandes e brancos... *são para comer você melhor, Chapeuzinho*. Tuppence sempre pensava no Lobo Mau quando via aqueles dentes. As mãos de Mrs. Perenna também a assustavam, tão grandes e cruéis.

Ela parecia ter aceitado a presença de Tuppence em seu quarto com muita naturalidade. Mais tarde perceberia que a gaveta da cômoda estava destrancada. Será que suspeitaria então? Ou acharia que ela mesma se esquecera de trancá-la? Às vezes, acontece. Será que Tuppence conseguira deixar os papéis da maneira que estavam antes?

De todo modo, mesmo que Mrs. Perenna notasse qualquer diferença, o mais provável era que desconfiaria de uma das empregas, não de "Mrs. Blenkensop". E mesmo que desconfiasse, será que não pensaria que a mulher fora movida por mera curiosidade? Tuppence sabia que existia gente fofoqueira.

No entanto, se Mrs. Perenna fosse a tal renomada agente alemã M, suspeitaria de contraespionagem.

Sua reação parecera excessivamente alarmada?

Não, ela agira com naturalidade... exceto talvez por aquele comentário ríspido sobre a aspirina.

De repente, Tuppence se sentou na cama. Lembrou-se de que enfiara seu frasco de aspirinas, junto com um pote de iodo e um antiácido, no fundo da gaveta da escrivaninha ao desfazer a mala.

Parecia que ela não era a única pessoa que bisbilhotava o quarto dos outros. Mrs. Perenna começara primeiro.

Capítulo 7

No dia seguinte, Mrs. Sprot foi a Londres.

Depois de alguns comentários hesitantes, ela recebeu várias ofertas de hóspedes da Sans Souci para cuidar de Betty.

Quando Mrs. Sprot, depois de várias súplicas para que Betty se comportasse bem, enfim partiu, a menina grudou em Tuppence, que se voluntariara para assumir o turno da manhã.

— Brincar — disse Betty. — Esconde-esconde.

A cada dia, ela falava com mais clareza, e havia adquirido o hábito encantador de inclinar a cabeça para o lado, olhar seu interlocutor com um sorrisinho encantador e murmurar: "Pufavô."

Tuppence pretendia levá-la para dar uma volta, mas estava chovendo muito, então as duas seguiram para o quarto. Betty indicou a última gaveta da cômoda, na qual seus brinquedos estavam guardados.

— Vamos esconder o Bonzo? — sugeriu Tuppence.

Mas Betty mudou de ideia e pediu:

— Lhê historinha.

Tuppence pegou um livrinho bem surrado de uma das prateleiras do armário... mas foi interrompida por um gritinho de Betty.

— Não, não. Ruim... Mau...

Tuppence encarou-a com surpresa e examinou o livro, que era uma versão ilustrada e colorida de *Pequeno João Glutão*.

— João era um menino mau? — perguntou. — Porque tirou uma ameixa da torta?

Betty, enfática, reiterou:

— Mau! — E adicionou, com muito esforço: — E suuuujo!

Ela arrancou o livro da mão de Tuppence e devolveu-o à estante, então pegou outro livro idêntico do outro extremo da prateleira e anunciou, com um sorriso radiante:

— L-l-l-l-limpo Jãoglutão!

Tuppence percebeu que os livros sujos e usados haviam sido substituídos por edições novas e mais limpas e achou fascinante. De fato, Mrs. Sprot era o que Tuppence costumava chamar de "mãe higiênica". Sempre com medo de germes, comida impura e crianças com brinquedos sujos na boca.

Tuppence, que tivera uma infância livre, brincando na rua, sempre desdenhara da higiene exagerada e expusera os próprios filhos ao que chamava de uma "quantidade plausível" de sujeira. Porém, obediente, pegou o exemplar limpo de *Pequeno João Glutão* e leu para Betty, fazendo os comentários adequados à ocasião. Betty murmurava "*Esse* é o João!... Ameixa!... Da *torta*!" e apontava para as figuras de seu interesse com um dedo tão babado que logo aquele segundo exemplar seria rebaixado à pilha de livros sujos. Elas passaram à leitura de *Ganso, gansinho, gansado* e *A vovó que morava em um sapato*, então Betty resolveu esconder os livros e Tuppence demorou um tempo impressionante para encontrá-los, para a grande alegria de Betty, e assim a manhã passou em um átimo.

Depois do almoço, enquanto Betty tirava sua soneca, Mrs. O'Rourke convidou Tuppence para seu quarto.

O quarto da mulher era muito bagunçado e tinha um cheiro forte de hortelã com bolo velho e naftalina. Todas as superfícies estavam cobertas de fotografias de seus filhos e netos, além de sobrinhas, sobrinhos, sobrinhos-netos e sobrinhas-

-netas. Eram tantas crianças que Tuppence teve a sensação de estar assistindo a uma peça do final da era Vitoriana.

— A senhora leva muito jeito com crianças, Mrs. Blenkensop — comentou Mrs. O'Rourke, encantada.

— Ah, sim — disse Tuppence —, com meus dois filhos...

Mrs. O'Rourke a interrompeu depressa:

— Dois? Não eram três?

— Sim, são três. Mas dois deles têm idades próximas, e eu estava me lembrando da época em que brincava com eles.

— Ah, claro! Sente-se um pouco, Mrs. Blenkensop. Fique à vontade.

Tuppence obedeceu e desejou que aquela mulher não a deixasse tão desconfortável. Ela se sentia como João e Maria ao aceitarem o convite da bruxa.

— Pois me diga — pediu Mrs. O'Rourke. — O que acha da Sans Souci?

Tuppence começou um discurso efusivo e elogioso, mas Mrs. O'Rourke a interrompeu sem a menor cerimônia.

— O que estou querendo saber é: não sente que há algo de estranho acontecendo neste lugar?

— Estranho? Não, acho que não.

— Nem com Mrs. Perenna? Precisa admitir que está cismada com ela. Já percebi como a observa.

Tuppence corou.

— Ela é... uma mulher interessante.

— Não é, não — retrucou Mrs. O'Rourke. — Ela é uma mulher bastante comum... se for realmente quem demonstra ser, é claro. Mas talvez não seja. É isso que acha?

— Mrs. O'Rourke, não sei *o que* está querendo dizer.

— Já parou para pensar que muitos de nós somos assim... diferentes do que aparentamos ser? Mr. Meadowes, por exemplo. É um homem intrigante. Às vezes, acho que ele é um inglês bem típico, até mesmo estúpido, mas então pesco um olhar ou comentário nem um pouco idiotas. Não acha estranho?

Tuppence respondeu, assertiva:

— Ah, não sei, acho que Mr. Meadowes é um tipo *bastante* comum.

— Tem os outros também. Talvez saiba de quem estou falando, não?

Tuppence balançou a cabeça.

— O nome dessa pessoa — disse Mrs. O'Rourke em tom encorajador — começa com S.

E assentiu sem parar.

Com uma súbita faísca de raiva nos olhos e um ímpeto obscuro de defender algo jovem e vulnerável, Tuppence retrucou:

— Sheila é só uma moça rebelde. Todos já tivemos a idade dela.

Mrs. O'Rourke continuou a assentir, muito parecida com o mandarim obeso de porcelana que Tuppence sempre via sobre a lareira de tia Gracie. Um amplo sorriso se insinuou em seus lábios, e ela disse, com delicadeza:

— Talvez a senhora não saiba disso, mas o nome de batismo de Miss Minton é Sophia.

— Ah. — Tuppence foi pega de surpresa. — Então se referia a Miss Minton?

— Não — respondeu Mrs. O'Rourke.

Tuppence olhou para a janela. Estranho como aquela velha podia deixá-la tão alarmada, inserindo-a em uma atmosfera de medo e inquietação. "Como um rato sob as patas de um gato", pensou Tuppence, "É como me sinto..."

Esta senhora monumental e sorridente estava sentada ali, quase ronronando... mas ainda assim era possível ouvir o barulho das patas brincando com algo que, apesar do ronronar, não tinha permissão para escapar...

"Bobagem... que bobagem! É coisa de minha cabeça", pensou Tuppence, olhando o jardim do outro lado da janela. A chuva tinha parado. Ouvia-se o tamborilar suave das gotas nas árvores.

Tuppence pensou: "Não é tudo de minha cabeça. Não sou uma pessoa imaginativa. Tem alguma coisa aí, um toque de maldade. Se ao menos eu pudesse ver..."

Seus pensamentos foram interrompidos de repente.

Ao fundo do jardim, dois arbustos se separaram um pouco. Nesse vão, surgiu um rosto, que observava as janelas da casa de maneira furtiva. Era o rosto da estrangeira que conversava com Carl von Deinim na rua outro dia.

O rosto estava tão imóvel, sem nem piscar, que nem parecia humano. Olhava fixamente para as janelas da Sans Souci. Um rosto desprovido de qualquer expressão, mas com um ar... sim, sem dúvida havia um ar... de ameaça. Imóvel, implacável. Parecia encarnar algum espírito, uma força maior, exterior à Sans Souci e à banalidade daquela vida de pensão inglesa. Então, pensou Tuppence, esse deve ter sido o olhar de Jael antes de cravar um prego na cabeça de Sísera.

Todos aqueles pensamentos passaram pela cabeça de Tuppence em um intervalo de um ou dois segundos. Ela desviou o olhar da janela de repente, murmurou uma desculpa para Mrs. O'Rourke e saiu às pressas do quarto, disparando escada abaixo e saindo pelo portão.

Virou para a direita e correu pela trilha do jardim lateral em direção ao lugar onde vira o rosto. Não havia mais ninguém ali. Tuppence atravessou os arbustos até chegar à rua, então olhou a colina de cima a baixo. Ninguém. Onde aquela mulher se metera?

Aborrecida, virou as costas e voltou à propriedade. Será que imaginara toda a cena? Não, a mulher estivera ali.

Encucada, vagueou pelo jardim, espiando atrás de arbustos. Acabou se molhando toda por causa da chuva e não viu nem sequer vestígio da estrangeira. Caminhou em direção à casa com uma vaga sensação de mau presságio... um medo súbito, ainda sem forma, de que algo estava prestes a acontecer.

Ela não imaginava, nunca teria imaginado, o que era esse "algo".

Agora que o tempo estava mais firme, Miss Minton resolveu arrumar Betty para uma caminhada. As duas iriam até a cidade comprar um pato de borracha para a banheira de Betty.

Betty estava muito empolgada com o passeio e saltitava tanto que ficava difícil enfiar seus bracinhos nas mangas do pulôver. Por fim, as duas partiram, com Betty exclamando: "Compápato, compápato. Pá Betty, pá Betty." Ela parecia sentir um imenso prazer com a repetição interminável desses importantes acontecimentos.

Dois palitos de fósforo descuidadamente cruzados sobre a mesa de mármore do saguão era o sinal de que Mr. Meadowes passaria a tarde na cola de Mrs. Perenna. Tuppence foi se refugiar na sala de estar, na companhia de Mr. e Mrs. Cayley.

Mr. Cayley estava rabugento. Tinha vindo para Leahampton, explicou ele, para ter descanso e tranquilidade, mas quem consegue sossegar com uma criança na casa? Era o dia inteiro correndo e gritando, pulando para cima e para baixo...

Sua esposa murmurou em tom pacificador que Betty era uma gracinha, mas o comentário não ajudou muito.

— Sem dúvida, sem dúvida — disse Mr. Cayley, retorcendo seu longo pescoço. — Mas a mãe deveria mantê-la quieta. Tem outras pessoas aqui. Inválidos, gente que precisa de um descanso para os nervos.

— Não é fácil manter uma criança dessa idade quieta — retrucou Tuppence. — Não é natural... Se a criança estivesse quieta, algo estaria errado.

Mr. Cayley balbuciou, com irritação:

— Bobagem... bobagem... besteiras da modernidade. Deixam as crianças fazerem o que querem. Uma criança precisa ficar sentada, quieta, brincando com suas bonecas... ou lendo um livro.

— Mas ela não tem nem 3 anos — argumentou Tuppence, sorrindo. — Não pode esperar que já saiba ler.

— Bem, algo deve ser feito a respeito. Vou conversar com Mrs. Perenna. Hoje cedo, antes das sete horas, a criança não parava de cantar! Tive uma noite horrível e, quando enfim adormeci, pela manhã... a cantoria me acordou!

— É importante que Mr. Cayley durma o máximo possível — disse Mrs. Cayley, ansiosa. — Recomendação médica.

— O senhor deveria ir para uma casa de repouso — sugeriu Tuppence.

— Minha cara, esses lugares são proibitivamente caros, e, além do mais, têm um clima deprimente. Uma atmosfera de doença atua de maneira negativa em meu inconsciente.

— Vida social, foi o que o médico falou — explicou Mrs. Cayley com diligência. — Uma vida normal. Na opinião dele, uma pensão seria melhor do que um asilo. Mr. Cayley teria menos tempo para remoer suas preocupações e se beneficiaria das trocas de ideias com outras pessoas.

O método de Mr. Cayley de trocar ideias era, até onde Tuppence podia ver, um mero relato das doenças e dos sintomas que tinha e a reação mais ou menos empática do receptor.

Com habilidade, Tuppence mudou de assunto.

— Gostaria que dividisse comigo — disse ela — sua opinião sobre a vida na Alemanha. O senhor comentou que viajou muito por aquela região nos últimos anos. Seria interessante conhecer o ponto de vista de um homem experiente, um homem do mundo, como o senhor. Vejo que não é do tipo que se deixa levar pelo preconceito, que poderia relatar as verdadeiras condições de vida por lá.

Para Tuppence, os elogios eram sempre a melhor arma quando se tratava de homens. Mr. Cayley mordeu a isca de imediato.

— Como falou, minha cara, sou de fato capaz de ter uma visão clara e livre de preconceitos. Assim, em minha opinião...

Deu-se início a um monólogo. Tuppence, alternando ocasionais "Mas que curioso" e "Que observador sagaz", ouviu tudo com uma atenção que não era esperada para a ocasião. Pois Mr. Cayley, encorajado pela empatia da ouvinte, se mostrava um incontestável admirador do nazismo. Ele insinuava — até mesmo afirmava — como teria sido melhor se a Inglaterra e a Alemanha tivessem se aliado contra o restante da Europa.

A chegada de Miss Minton e Betty, com o pato de borracha nas mãos, acabou com o monólogo, que se mantivera ininterruptamente por quase duas horas. Ao erguer o olhar, Tuppence percebeu uma expressão estranha no rosto de Mrs. Cayley, que achou difícil de definir. Podia ser apenas a perdoável reação enciumada de uma esposa diante do monopólio da atenção do marido por outra mulher. Podia ser ansiedade diante do fato de que Mr. Cayley estava sendo franco demais sobre suas opiniões políticas. Mas decerto expressava insatisfação.

O chá foi servido e, em seguida, Mrs. Sprot chegou de Londres, exclamando:

— Espero que Betty tenha se comportado bem e que não tenha dado trabalho! Você se comportou, Betty?

Ao que Betty respondeu:

— Ora!

A fala, no entanto, não deveria ser considerada como desaprovação à chegada da mãe, mas apenas um simples pedido por geleia de amora.

A reação provocou uma risadinha rouca em Mrs. O'Rourke e uma reprovação por parte da mãe:

— Betty, querida, por favor.

Mrs. Sprot então sentou-se à mesa, tomou várias xícaras de chá e mergulhou em uma narrativa animada sobre seu dia de compras em Londres, o trem lotado, o que um soldado recém-chegado da França dissera aos ocupantes do vagão e o que a garota do balcão de meias lhe contara sobre a iminente escassez de meias-calças.

A conversa era, para todos os efeitos, totalmente normal. E foi estendida para a varanda, porque o sol estava radiante e espantara a chuva da manhã.

Betty corria de um lado para o outro, fazendo misteriosas expedições aos arbustos do jardim e voltando com uma folha de louro ou uma pilha de pedras que deixava no colo de um dos adultos sentados na roda com uma explicação confusa e ininteligível. Ela não exigia muita participação dos mais velhos naquela brincadeira e ficava satisfeita com falas esparsas como: "Que lindo, querida!"

Era o fim de tarde mais típico e inofensivo possível na Sans Souci. Tagarelice, fofoca, especulações sobre o andamento da guerra... Será que a França resistiria? Weygand conseguiria reunir esforços? O que será que a Rússia iria fazer? Hitler conseguiria invadir a Inglaterra se quisesse? Paris viria abaixo se o "surto" não fosse contornado? Era verdade que...? Disseram que... Havia rumores de que...

Escândalos políticos e militares eram comentados com entusiasmo.

Tuppence pensou com seus botões: "Esse disse me disse é perigoso? Que nada, é só uma válvula de escape. As pessoas *gostam* de fofocas. É o incentivo delas para lidar com suas próprias preocupações e ansiedades." Ela mesma colocou um pouco de lenha na fogueira ao falar:

— Meu filho me contou... é claro que isso é *confidencial*, vocês entendem...

De repente, Mrs. Sprot se sobressaltou ao olhar para o relógio.

— Meu Deus, são quase dezenove horas. Eu já devia ter posto essa criança para dormir. Betty... Betty!

Já fazia algum tempo que Betty não voltava à varanda, mas ninguém notara sua demora.

Mrs. Sprot a chamou com impaciência crescente.

— Betty! Onde essa menina se meteu?

Mrs. O'Rourke, respondeu, com sua risada grave:

— Com certeza está aprontando. É o que em geral acontece quando tudo está em paz.

— Betty! Vem cá agora.

Sem resposta, Mrs. Sprot logo se levantou.

— Acho que devo ir procurá-la. Onde será que essa criança se meteu?

Miss Minton comentou que ela poderia estar escondida em algum lugar, e Tuppence, ao recordar sua própria infância, sugeriu que verificasse na cozinha. Mas Betty não estava em lugar algum da casa ou fora dela. Gritaram seu nome por todo o jardim, olharam em todos os quartos. Nada de Betty.

Mrs. Sprot começou a ficar aborrecida.

— Ora, mas que travessa essa menina... muito travessa! Vocês acham que ela pode ter ido para a rua?

Ela e Tuppence foram juntas até o portão e olharam a colina de cima a baixo. Não havia ninguém por ali, exceto um jovem entregador de bicicleta conversando com uma empregada no portão de St. Lucian.

Por sugestão de Tuppence, as duas atravessaram a rua e perguntaram se algum dos dois havia visto uma menina pequena por ali. Eles balançaram a cabeça, mas então, com uma súbita lembrança, a empregada perguntou:

— Uma menininha de vestido xadrez verde?

Mrs. Sprot confirmou, afobada:

— Isso mesmo!

— Ela passou por aqui faz uma meia hora... descendo a estrada com uma mulher.

Mrs. Sprot perguntou, espantada:

— Com uma mulher? Que mulher?

A moça pareceu um pouco constrangida.

— Bem, era uma mulher um tanto esquisita. Estrangeira. Roupas estranhas. Usava uma espécie de xale, mas estava sem chapéu, e tinha um rosto... diferente, sabe? Eu já tinha visto ela por aqui algumas vezes e, para ser honesta, achei que fosse meio necessitada — explicou, tentando ser prestativa.

Na mesma hora, Tuppence se lembrou do rosto que vira naquela tarde, espiando por entre os arbustos, e do mal presságio que sentira.

Porém, não lhe havia passado pela cabeça que aquela mulher tivesse interesse na criança. Ainda não conseguia entender a conexão, na verdade.

Não teve muito tempo para pensar, no entanto, porque Mrs. Sprot quase desabou sobre ela.

— Ah, Betty, minha filhinha. Ela foi sequestrada. Ela... essa mulher parecia ser o quê... uma cigana?

Tuppence negou veementemente.

— Não, ela era branca, muito branca, com um rosto largo e maçãs salientes e olhos azuis afastados.

Ela notou que Mrs. Sprot a encarava e se apressou a explicar:

— Vi a mulher hoje à tarde... espiando a casa por entre os arbustos, lá no fundo do jardim. Percebi que ela andava por aqui. Carl von Deinim conversou com ela outro dia. Deve ser a mesma pessoa.

A empregada interveio para confirmar:

— É isso mesmo. Era loira. E miserável, se quer saber minha opinião. Não entende nada do que a gente fala.

— Deus do céu — lamentou Mrs. Sprot. — O que vou fazer?

Tuppence passou um braço por seus ombros.

— Venha para casa e tome uma dose de conhaque, então ligamos para a polícia. Está tudo bem. Vamos encontrá-la.

Mrs. Sprot se deixou levar, sussurrando em tom atordoado:

— Não consigo acreditar que Betty tenha ido com uma estranha desse jeito.

— Ela é muito nova — falou Tuppence. — Ainda não é tímida.

Mrs. Sprot disse, com a voz fraca:

— Deve ter sido uma alemã asquerosa. Vai matar minha Betty!

— Não diga bobagens. Tudo vai ficar bem. Deve ser só uma mulher que não é muito boa da cabeça — falou Tuppence com firmeza, mas sem acreditar nas próprias palavras. Ela nem cogitava que aquela alemã sorrateira fosse uma lunática irresponsável.

Carl! Será que Carl sabia? Será que estava envolvido?

Minutos depois já duvidava de sua suspeita. Carl von Deinim, assim como todos os hóspedes, parecia espantado, incrédulo, chocado.

Após os fatos terem sido esclarecidos, o Major Bletchley assumiu o controle.

— Vamos lá, minha cara — disse a Mrs. Sprot. — Sente-se um pouco, tome um golinho desse conhaque, não vai lhe fazer mal. Vou agora mesmo para a delegacia.

Mrs. Sprot sussurrou:

— Só um minuto... Pode ter alguma coisa....

Ela correu escada acima em direção ao seu quarto.

Minutos depois, todos ouviram passos desesperados correndo pelo andar de cima. Mrs. Sprot disparou pela escada feito louca e agarrou a mão do Major Bletchley, que estava prestes a tirar o telefone do gancho.

— Não, não — ofegou ela. — O senhor não pode... não deve...

E desesperada, soluçando sem parar, desabou em uma cadeira.

Os hóspedes se aglomeraram em volta dela. Em poucos minutos, a mulher se recuperou. Ajeitou a postura, com o braço de Mrs. Cayley ao redor dos ombros, e levantou a mão.

— Encontrei isso no chão de meu quarto. Estava enrolado em uma pedra que foi jogada pela janela. Olhem... vejam o que está escrito.

Tommy pegou o papel e o abriu.

Era um bilhete, escrito em uma caligrafia estranha com letras grandes e grossas.

ESTAMOS COM SUA FILHA. ELA ESTÁ BEM.
NA HORA CERTA RECEBERÁ INSTRUÇÕES
DO QUE FAZER. SE CHAMAR A POLÍCIA
SUA FILHA VAI MORRER. NEM UM PIO.
AGUARDE INSTRUÇÕES. SENÃO...

Estava assinado com uma caveira e ossos cruzados.
Mrs. Sprot gemia:
— Betty... minha Betty...
Todo mundo começou a falar ao mesmo tempo. "Patifes sanguinários", disse Mrs. O'Rourke. "Sem coração!", exclamou Sheila Perenna. "Loucura, loucura... não acredito em uma só palavra desse bilhete. É uma piada de mau gosto", afirmou Mr. Cayley. "Ah, pobrezinha", comentou Miss Minton. "Eu não entendo, é incrível", falou Carl von Deinim. E sobre todas as vozes estrondou a do Major Bletchley.
— Mas que absurdo! Intimidação! Temos que ligar para a polícia de imediato. Eles vão solucionar isso em dois tempos.
Mais uma vez, ele se aproximou do telefone. O berro de uma mãe ultrajada o interrompeu.
Ele gritou em resposta:
— Mas, madame, é *necessário*. Essa é apenas uma artimanha batida para impedir que você encontre esses canalhas.
— Mas vão matá-la.
— Besteira. Não ousariam fazer isso.
— Não vou permitir. A mãe sou eu. A decisão é minha.
— Eu sei. Entendo. É isso que eles querem... que você se sinta assim. É muito natural. Mas tem que confiar em mim, um soldado, um homem experiente: a polícia é solução.
— *Não!*
Bletchley percorreu os olhares dos presentes em busca de aliados.
— Concorda comigo, Meadowes?
Devagar, Tommy assentiu.

— Cayley? Veja, Mrs. Sprot, tanto Meadowes quanto Cayley estão de acordo comigo.

Mrs. Sprot retrucou com súbita força:

— Homens! Todos vocês! Pergunte às mulheres!

Os olhos de Tommy buscaram o de Tuppence, que disse, com voz baixa e trêmula:

— Eu... concordo com Mrs. Sprot.

Ela pensava: "Deborah! Derek! Se fosse com eles, me sentiria da mesma maneira. Tommy e os demais estão certos, não há dúvida, mas, mesmo assim, eu não conseguiria. Não ia querer correr esse risco."

Mrs. O'Rourke dizia:

— Nenhuma mãe colocaria a vida de um filho em perigo, isso é fato.

Mrs. Cayley sussurrou:

— Acho que, bem, vocês sabem... que... — E descambou para a incoerência.

Miss Minton, também trêmula, opinou:

— As pessoas são capazes de fazer coisas horríveis. Nunca nos perdoaríamos se algo acontecesse com nossa querida Betty.

Tuppence, assertiva, perguntou:

— Mr. Von Deinim, não vai dizer nada?

Seus olhos azuis cintilavam. Seu rosto estava impassível. Calmo e com firmeza, o rapaz respondeu:

— Sou estrangeiro. Não conheço a polícia britânica. Não sei o quanto são competentes... ágeis.

Alguém entrou no saguão. Era Mrs. Perenna, com as bochechas coradas. Evidentemente subira a colina às pressas.

— O que está acontecendo? — Sua voz era autoritária, imperiosa, não mais a complacente anfitriã de pousada, mas uma mulher de fibra.

Contaram a história para ela... uma narrativa confusa a muitas vozes, mas Mrs. Perenna logo compreendeu.

E, com isso, foi como se a situação toda, de certo modo, tivesse sido passada para as mãos dela, à espera de seu julgamento. Ela era a Suprema Corte.

Mrs. Perenna segurou o bilhete por um minuto e então o devolveu. Sua reposta foi firma e autoritária:

— A polícia? Não vão servir para nada. É melhor não arriscar. Façam justiça com as próprias mãos. Vão pessoalmente atrás da criança.

Bletchley disse, dando de ombros:

— Muito bem. Se não querem chamar a polícia, essa é a segunda melhor coisa a ser feita.

Tommy completou:

— Não devem estar muito longe.

— A empregada disse que fazia meia hora — disse Tuppence.

— Haydock — falou o Major Bletchley. — Haydock é o homem certo para nos ajudar. Ele tem carro. A mulher é esquisita, não é? Estrangeira? Com certeza deixou um rastro. Vamos lá, não temos tempo a perder. Vem comigo, Meadowes?

Mrs. Sprot se levantou.

— Eu também vou.

— Veja bem, minha cara, é melhor deixar conosco...

— Eu vou.

— Hã...

Ele cedeu, resmungando alguma coisa sobre as fêmeas serem mais mortais do que os machos.

———

No fim das contas, o Comandante Haydock, assumindo a situação com a hábil diligência naval, dirigiu o carro, Tommy ficou no banco do carona e Bletchley, Mrs. Sprot e Tuppence, no banco de trás. Não era só que Mrs. Sprot tivesse grudado em Tuppence, mas ela também era a única (com exceção de Carl von Deinim) que já vira a misteriosa sequestradora.

O comandante era bom de organização e um trabalhador ágil. Em pouco tempo, conseguiu encher o tanque do automóvel, entregar um mapa do distrito e outro, em maior escala, de Leahampton para Bletchley, e estava pronto para dar a partida.

Mrs. Sprot subira correndo até o quarto de novo, em teoria para pegar um casaco. Mas, quando já estava de volta ao carro e eles desciam à colina, ela mostrou a Tuppence um objeto dentro da bolsa. Era uma pistola.

Ela explicou, baixinho:

— Peguei no quarto do Major Bletchley. Lembrei-me de ouvi-lo comentar outro dia que tinha uma arma.

Tuppence ficou ressabiada.

— Você não acha quê...?

Mrs. Sprot respondeu sussurrando:

— Pode ser útil.

Tuppence ficou maravilhada com as forças ocultas que a maternidade poderia fazer emergir até mesmo em uma jovem comum. Ela conseguia visualizar Mrs. Sprot, o tipo de mulher que em geral declara medo mortal de armas de fogo, atirando friamente em qualquer pessoa que fizesse mal à sua filha.

Por sugestão do comandante, a primeira coisa que eles fizeram foi se encaminharem à estação de trem. Um trem partira de Leahampton fazia vinte minutos e era possível que os sequestradores estivessem nele.

Na estação, eles se separaram: o comandante ficou com o cobrador, Tommy com a bilheteria, e Bletchley com os carregadores de mala. Tuppence e Mrs. Sprot entraram no banheiro feminino para o caso de a mulher ter passado por ali para mudar a aparência antes de embarcar no trem.

Não acharam pista alguma. Ficou mais difícil, então, definir o próximo passo. Como Haydock aventou, o mais provável era que os sequestradores tivessem um carro à espera, e assim que Betty foi convencida a partir com a estranha, a fuga já estava armada. Era nesse sentido, apontou Bletchley outra vez, que a cooperação da polícia seria vital. Era necessária uma organização desse tipo para conseguir se comunicar com todo o país, inclusive na cobertura de estradas.

Mrs. Sprot fez que não com a cabeça, a boca uma linha tensa.

Tuppence disse:

— Temos que nos colocar no lugar deles. Onde o carro estaria esperando? O mais próximo possível da Sans Souci, mas em um lugar em que não chamasse atenção. Vamos *pensar*. A mulher e Betty desceram a colina juntas. Lá embaixo, temos a esplanada. O carro poderia estar parado ali. É possível deixar um veículo parado ali durante algum tempo, desde que o motorista esteja por perto. Os outros únicos lugares são o estacionamento da James's Square, também próximo, ou uma das vielas que dão na orla.

Nesse momento, um homem baixinho e tímido de pincenê se aproximou deles e disse, gaguejando um pouco:

— Com licença... Espero não estar incomodando, mas não tive c-c-como não ouvir o que um de vocês perguntava ao carregador agora há pouco. — Ele se dirigia ao Major Bletchley. — Eu não estava bisbilhotando, só vim perguntar sobre uma encomenda... é incrível como tudo demora hoje em dia... dizem que tem a ver com o movimento das tropas, mas quando se trata de perecíveis a coisa complica mais ainda... falo da minha encomenda, é claro... Mas, então, por acaso entreouvi a conversa e me pareceu uma coincidência inacreditável...

Mrs. Sprot saltou à frente e agarrou-o pelo braço.

— O senhor a viu? Viu minha filhinha?

— Ah, é filha da senhora, é? Pois veja que...

Mrs. Sprot gritou:

— Fale logo! — E cravou tanto os dedos no braço do homenzinho que ele se encolheu.

Tuppence intercedeu:

— Por favor, conte tudo o que viu o mais rápido possível. Ficaremos bastante gratas.

— Ah, bem, claro, talvez não ajude em nada. Mas a descrição bateu tão bem...

Tuppence sentia a mulher ao seu lado tremendo, mas se esforçou para se manter calma e tranquila. Conhecia bem o tipo de pessoa com quem estavam lidando... agitado, confuso, tímido, incapaz de ir direto ao ponto, ainda mais quando pressionado. Então disse:

— Conte tudo, por favor.

— É só que... me chamo Robbins, a propósito, Edward Robbins...

— Sim, Mr. Robbins?

— Moro em Whiteways, na Earnes Cliff Road, em uma daquelas casas recém-construídas, próximas à nova estrada... É uma mão na roda, um lugar muito conveniente, com uma bela vista e as colinas logo abaixo.

Tuppence reprimiu o Major Bletchley com um olhar, pois era notável que estava a ponto de intervir, e perguntou:

— E o senhor viu a menininha que estamos procurando?

— Sim, acho que *devia* ser ela. Uma menininha acompanhada por uma mulher de aparência estrangeira, não é? Na verdade, foi a mulher que me chamou a atenção. Porque é evidente que hoje em dia estamos todos à procura de quinta-colunistas, não é? Fique esperto, é o que me dizem, e tento ficar sempre, e foi por isso que notei a mulher. Uma enfermeira, pensei, ou empregada doméstica... inúmeros espiões circulam por aqui com disfarces assim, e essa mulher tinha uma aparência incomum e caminhava estrada acima, em direção às colinas, com uma garotinha... e a garotinha parecia cansada, não conseguia acompanhar o passo, e já eram umas 19h30, quando a maioria das crianças já está na cama, então olhei para a mulher com certa repreensão. Acho que ela ficou constrangida. Começou a correr pela estrada, puxando a criança até pegá-la no colo e continuou subindo em direção ao penhasco, o que achei muito *estranho*, percebe, porque é sabido que não há casas naquela região, nada mesmo, não até você chegar em Whiteheaven, oito quilômetros para além das colinas... Ótimo para quem gosta de fazer trilhas. Mas, nesse caso em particular, achei muito estranho. Pensei que talvez ela estivesse indo mandar algum sinal. Hoje em dia, ouvimos falar tanto de espiões, de inimigos infiltrados, e ela de fato ficou inquieta quando notou que estava sendo observada.

O Comandante Haydock voltou para o carro, ligou o motor e disse:

— Ernes Cliff Road, então. Fica do outro lado da cidade, certo?

— Isso, só seguir pela esplanada, atravessar a cidade velha e subir...

Os outros entraram no automóvel, sem dar mais ouvidos ao Mr. Robbins.

— Obrigada, Mr. Robbins! — exclamou Tuppence, então deram a partida, deixando o homem plantado ali, de boca aberta.

Cruzaram a cidade rapidamente, evitando acidentes muito mais por sorte do que por habilidade. Ao menos, a sorte se manteve do lado deles. Chegaram enfim a um agrupamento confuso de loteamentos, um lugar desvalorizado pela proximidade às fábricas de gás. Pequenas estradinhas subiam em direção às colinas, terminando de repente no meio do caminho. Ernes Cliff Road era a terceira delas.

O Comandante Haydock entrou na rua e dirigiu ladeira acima com destreza. Ao final, a estrada se transformava em uma trilha de terra na encosta da colina que espiralava em direção ao cume.

— É melhor desembarcarmos aqui e irmos caminhando — falou Bletchley.

Haydock parecia em dúvida.

— Talvez dê para seguir de carro. O solo é firme. Um pouco acidentado, mas acho que é possível.

Mrs. Sprot exclamou:

— Sim, por favor, por favor! Temos que ser rápidos.

O comandante murmurou para si mesmo:

— Deus queira que estejamos no caminho certo. Aquele nanico pode ter visto qualquer mulher com uma criança.

O carro gemeu estrada acima enquanto se arrastava no solo irregular. O aclive era austero, mas a grama era baixa e macia. Chegaram sem grandes contratempos ao topo, onde encontraram uma vista ampla e panorâmica. O horizonte marcava a curva da baía de Whiteheaven.

Bletchley disse:

— Não é má ideia. A mulher poderia muito bem dormir aqui se necessário, descer amanhã de manhã para Whiteheaven e pegar o trem.

Haydock disse:

— Nem sinal delas, até onde conseguimos ver.

Ele estava de pé, observando a área de binóculos, que tivera a previdência de levar para a busca. De repente, seu corpo ficou tenso e ele focou as lentes em dois pontinhos que se moviam ao longe.

— Minha nossa, achei!

Sentou-se às pressas no banco do motorista e deu partida no carro. A busca estava perto do fim. Sacolejando de um lado para o outro no automóvel, os ocupantes logo alcançaram os dois pontinhos. Era até possível distingui-los: uma figura alta e outra baixa... Conseguiram se aproximar mais: uma mulher segurando uma criança pela mão... Ainda mais perto: sim, uma criança de vestido xadrez verde. Era Betty.

Mrs. Sprot deu um berro estrangulado.

— Pronto, minha cara, pronto — disse o major, dando tapinhas carinhosos na mulher. — Encontramos sua filha.

Seguiram se aproximando. De repente, a mulher se virou e viu o carro avançando em sua direção.

Com um grito, pegou a criança no colo e começou a correr.

Mas não correu para a frente, e sim para um dos lados, em direção à beira do penhasco.

Depois de alguma distância, o carro não podia mais avançar; o terreno ficou ainda mais irregular, permeado de pedras gigantescas. Então parou e os ocupantes saltaram.

Mrs. Sprot foi a primeira, pondo-se a correr desesperada em direção às duas.

Os demais a seguiram.

Quando estavam a quase vinte metros de distância, a mulher se virou. Estava bem na beira do penhasco. Com um grito rouco, ela apertou a criança contra si.

Haydock gritou:

— Meu Deus, ela vai jogar a menina!

A mulher ficou ali, apertando Betty. Seu rosto estava desfigurado por um frenesi de ódio. Ela gritou uma frase longa e rouca que ninguém entendeu. Continuava segurando a criança e relanceando para o penhasco logo abaixo... a menos de um metro.

Era evidente que ameaçava jogar a criança do penhasco.

Todos ficaram parados, atordoados, apavorados, incapazes de se mexer por medo de uma catástrofe.

Haydock enfiou a mão no bolso, sacou um revólver e gritou:

— Solte a criança... ou eu atiro.

A estrangeira riu, apertando ainda mais a menina contra o peito. As duas viraram um corpo só.

Haydock sussurrou:

— Não vou me atrever a atirar. Posso acertar a criança.

Tommy disse:

— Essa mulher é louca. Vai pular com a criança nos braços a qualquer momento.

Haydock repetiu, impotente:

— Não vou me atrever a atirar...

Mas, nesse momento, houve um disparo. A mulher cambaleou e caiu no chão, ainda agarrada à criança.

Os homens correram para a frente, mas Mrs. Sprot ficou parada, cambaleando, a pistola fumegando nas mãos, as pupilas dilatadas.

Então deu alguns passos tensos adiante.

Tommy se ajoelhou ao lado dos corpos. Virou-os para cima com cuidado. Viu o rosto da mulher, contemplando sua estranha beleza selvagem. Os olhos se abriram, olharam para ele, e se apagaram. A mulher suspirou e morreu, com um tiro na cabeça.

Ilesa, Betty Sprot se contorceu para longe da estrangeira e correu para a mulher que parecia uma estátua.

Mrs. Sprot enfim desmoronou. Arremessou a pistola para longe e se abaixou, abraçando a filha com força.

— Ela está bem, ela está bem... Ah, Betty, minha *Betty* — Então, perplexa, sussurrou: — Eu... matei a mulher?

Tuppence aconselhou, com firmeza:

— Não pense nisso... Pense em Betty. Só em Betty.

Mrs. Sprot abraçou a filha com força, aos prantos.

Tuppence se aproximou dos homens.

Haydock murmurou:

— Foi um milagre. Eu jamais teria conseguido dar um tiro desses. Duvido que essa mulher já tenha manuseado uma pistola antes... foi puro instinto. Um milagre, sem dúvidas.

— Graças a Deus! Foi por pouco! — exclamou Tuppence. Ela olhou para o abismo, o mar logo abaixo, e estremeceu.

Capítulo 8

O inquérito sobre a morte da estrangeira foi aberto alguns dias depois. Houve adiamento enquanto a polícia a identificava como Vanda Polonska, uma polonesa refugiada.

Depois da cena dramática no penhasco, Mrs. Sprot e Betty, a primeira ainda muito nervosa, foram conduzidas à Sans Souci, onde foram recebidas por bolsas de água quente, belas xícaras de chá e uma curiosidade sem tamanho; por fim, uma dose de conhaque foi oferecida a quase desmaiada heroína da noite.

O Comandante Haydock entrara em contato com a polícia na mesma hora, e, a partir de suas orientações, os policiais foram para a cena da tragédia.

Não fosse pelas atordoantes notícias da guerra, a tragédia provavelmente teria ganhado mais espaço nos jornais. Na verdade, a notícia ocupou um só parágrafo.

Tuppence e Tommy tiveram que dar depoimento, e, para o caso de algum repórter querer tirar fotos das testemunhas mais importantes do caso, Mr. Meadowes infelizmente desenvolvera um machucado no olho que exigia o uso de um tapa-olho um tanto exagerado. Mrs. Blenkensop tinha a cabeça afundada em um chapéu.

No entanto, toda a algazarra se deu em torno de Mrs. Sprot e do Comandante Haydock. Mr. Sprot, que havia sido intimado por um telegrama, correu até Leahampton para encontrar a esposa, mas precisou voltar no mesmo dia. Parecia um jovem agradável, ainda que desinteressante.

O inquérito foi aberto a partir da identificação formal do corpo feita por uma tal de Mrs. Calfont, uma mulher de lábios finos e olhos vigilantes que havia alguns meses prestava ajuda humanitária a refugiados.

De acordo com Mrs. Calfont, Polonska chegara à Inglaterra acompanhada pelo primo e pela esposa dele, que eram seus únicos parentes vivos, até onde sabia. A mulher, em sua opinião, era um pouco desequilibrada. Pelo que dizia, vivera cenas de extremo horror na Polônia e sua família inteira, incluindo as crianças, fora assassinada. A mulher não parecia ficar grata a nenhuma ajuda que recebia, era desconfiada e taciturna. Murmurava sozinha com frequência e não tinha um comportamento normal. Havia sido contratada como empregada doméstica, mas deixara o emprego semanas antes sem informar à polícia.

O médico-legista perguntou por que seus parentes não haviam se apresentado, e o Inspetor Brassey esclareceu a situação.

O casal em questão estava detido sob a Lei da Defesa do Reino por um crime que envolvia um estaleiro naval. O inspetor afirmou que esses dois estrangeiros se fingiram de refugiados para entrar no país, e, em seguida, tentaram arrumar um emprego em uma base naval. A família inteira ficou sob suspeita. Sob suas posses, havia uma enorme soma de dinheiro, bem maior do que a declarada. Nada se sabia sobre a finada Polonska, exceto que ela tinha sentimentos antibritânicos. Era possível que também fosse uma agente inimiga e que sua estupidez fosse um disfarce.

Mrs. Sprot, quando chamada para depor, desfez-se em lágrimas. O legista foi gentil com ela, conduzindo-a com muito tato pela reconstituição do ocorrido.

— É horrível — arfou Mrs. Sprot. — Horrível ter matado alguém. Eu não pretendia... nunca me passou pela cabeça... mas era minha filha... e achei que aquela mulher ia jogá-la do penhasco e tinha que impedi-la. Ah, meu Deus, não sei como fiz isso.

— A senhora costuma usar armas de fogo?

— De forma alguma! Apenas os rifles daquelas brincadeiras de tiro ao alvo em quermesses e, mesmo assim, nunca acertava nada. Ah, Deus... me sinto uma *assassina*.

O legista a tranquilizou e perguntou se ela já tivera contato com a morta.

— Ah, *não*. Nunca a tinha visto antes. Acho que ela devia ser louca... porque nem nos *conhecia*, nem a mim, nem a Betty.

Em resposta às perguntas subsequentes, Mrs. Sprot disse que comparecera a um encontro de costureiras para preparar mimos para refugiados poloneses, mas que sua conexão com a Polônia terminava aí.

Haydock entrou em seguida. Ele descreveu todos os seus passos no rastreamento da sequestradora e contou o que acontecera em seguida.

— Consegue afirmar com certeza que a mulher estava mesmo prestes a pular do penhasco?

— Ou isso, ou ia jogar a criança lá embaixo. Ela parecia estar em um acesso de fúria. Teria sido impossível negociar com ela. O contexto demandava ação. Eu mesmo considerei atirar para aleijá-la, mas a mulher usava a criança como escudo. Fiquei com medo de atingir a menina. Mrs. Sprot assumiu o risco e teve êxito em salvar a vida da filhinha.

Mrs. Sprot voltou a chorar.

O depoimento de Mrs. Blenkensop foi curto... uma simples confirmação do depoimento do comandante.

Mr. Meadowes entrou em seguida.

— Está de acordo com o que foi relatado pelo Comandante Haydock e por Mrs. Blenkensop sobre o ocorrido?

— Estou. Sem sombra de dúvida, a mulher estava abalada. Teria sido impossível se aproximar dela. Estava a um passo de pular do penhasco com a criança.

Não havia muitas evidências além dessas. O legista informou o júri de que Vanda Polonska veio a óbito pelas mãos de Mrs. Sprot, mas a exonerou formalmente de culpa. Não havia provas que pudessem evidenciar o estado mental da morta. Pode ter agido por ódio à Inglaterra. Alguns dos "mimos" distribuídos aos refugiados poloneses estampavam os nomes das senhoras que os mandaram, e era possível que a mulher tenha conseguido o nome e o endereço de Mrs. Sprot dessa forma, mas não era fácil descobrir o motivo do sequestro da criança... talvez um disparate incompreensível à mente sã. Polonska, de acordo com os próprios relatos, sofrera grandes perdas em seu país, e isso pode ter afetado seu cérebro. Por outro lado, ela também poderia ser uma agente inimiga.

O veredito estava de acordo com a conclusão do legista.

No dia seguinte ao inquérito, Mrs. Blenkensop e Mr. Meadowes se encontraram para conversar.

— Vanda Polonska sai de cena e voltamos à estaca zero — disse Tommy, desanimado.

Tuppence assentiu.

— Pois é, eles abafam dos dois lados, não é? Não há documentos ou qualquer indício que aponte de onde vinha o dinheiro dela e dos primos, nenhum registro ou rastro de transações.

— É muita eficiência — disse Tommy. — Sabe, Tuppence, nada disso me cheira bem.

A mulher assentiu. As notícias não eram nada tranquilizantes.

O Exército francês estava em retirada e a situação não parecia promissora. A evacuação de Dunquerque já estava em andamento. Era evidente que Paris viria abaixo em questão de dias. O sentimento geral era de desânimo diante da revelação de que não havia equipamento ou material suficiente para resistir ao grande maquinário alemão.

— Será que foi apenas nossa desorganização e lentidão? Ou houve um esquema deliberado por trás de tudo isso?

— Acho que a segunda opção, mas nunca vão conseguir provar.

— É. Nossos adversários são espertos demais para isso.

— Mas estamos separando o joio do trigo agora.

— Ah, sim, estamos cercando os suspeitos mais óbvios, mas acho que ainda não sabemos quem são os mandachuvas. Os líderes, a organização, um plano meticulosamente pensado... um plano que se aproveita de nossa demora, nossas rixas mesquinhas e nossa falta de agilidade para seus próprios fins.

— É para isso que estamos aqui... mas ainda não chegamos a resultado nenhum.

— Já conseguimos alguma coisa — disse Tommy.

— Ah, sim, Carl von Deinim e Vanda Polonska. Peixes pequenos.

— Você acha que eles estavam mancomunados?

— É bem provável — respondeu Tuppence, pensativa. — Lembre-se de que vi os dois conversando.

— Então Carl von Deinim deve ter arquitetado o sequestro?

— Acho que sim.

— Mas por quê?

— Pois é. Não paro de pensar nisso. Não faz *sentido*.

— Por que sequestrar aquela criança específica? Quem são os Sprot? Eles não têm dinheiro... então não era pelo resgate. Tampouco têm cargos públicos...

— Eu sei, Tommy. Não faz sentido.

— Mrs. Sprot nunca deixou escapulir alguma informação?

— Aquela mulher — disse Tuppence, desdenhosa — tem a inteligência de uma pata. Parece que não pensa. Só fica repetindo que isso é coisa daqueles porcos alemães.

— Tolinha — concordou Tommy. — Os alemães são eficientes. Se mandam uma agente sequestrar uma pirralha é porque tem algum motivo.

— Tenho a sensação de que, se Mrs. Sprot parasse para *pensar*, até *poderia* descobrir o motivo. Porque precisa haver *algo*, alguma informação que ela tem, alguma descoberta que fez sem querer ou sem saber que fazia.

— *Nem um pio. Aguarde instruções* — disse Tommy, citando um trecho do bilhete encontrado no chão do quarto de Mrs. Sprot. — Que droga, isso deve ter *algum* significado.

— É claro que tem... Mas o único pensamento que me passa pela cabeça é que Mrs. Sprot, ou o marido dela, estejam em posse de algo que lhes foi dado, talvez, por serem pessoas tão comuns, do tipo que não levantariam qualquer suspeita de que estariam com essa coisa... seja lá o que for.

— É um caminho.

— Eu sei, mas tem cara de história de espionagem. Não parece vida real.

— Você chegou a pedir que Mrs. Sprot botasse a cabeça para funcionar?

— Sim, mas o problema é que ela não está interessada. Só se importa com o fato de ter recuperado Betty... ou com sofrer ataques histéricos porque atirou em alguém.

— Criaturas estranhas, as mulheres — comentou Tommy. — Veja você, lá foi a mulher, possuída pela vingança, capaz de destroçar um regimento inteiro a sangue-frio sem mover um fio de cabelo só para recuperar a filha, e aí, depois de atirar na sequestradora e acertá-la quase por um milagre, entra em colapso e volta a ser totalmente frouxa.

— A polícia já até a exonerou — disse Tuppence.

— Mas é claro. Minha nossa, eu nunca me arriscaria a atirar naquela situação.

— Nem ela, provavelmente, se tivesse mais conhecimento. Foi por pura ignorância que atirou.

Tommy concordou.

— É um tanto bíblico — disse ele. — Davi e Golias.

— Ah! — exclamou Tuppence.

— Que foi, querida?

— Não sei. Quando você disse isso, algo estalou em meu cérebro, mas agora já me fugiu!

— Muito útil — falou Tommy.

— Não seja sarcástico. Essas coisas acontecem.

— Pensou em cavalheiros que dão um tiro no escuro e acertam?

— Não, era... só um minuto... acho que tinha a ver com o Rei Salomão.

— Cedros, templos, diversas esposas e concubinas?

— Pare com isso — advertiu Tuppence, tapando os ouvidos. — Está atrapalhando.

— Judeus? — disse Tommy, esperançoso. — Tribos de Israel?

Tuppence balançou a cabeça. Até que, depois de um ou dois minutos, falou:

— Queria me recordar de quem aquela mulher me lembrava.

— Vanda Polonska?

— Sim. Da primeira vez que a vi, achei seu rosto um pouco familiar.

— Pensa que já tinha cruzado com ela antes?

— Não, tenho certeza de que não.

— Mrs. Perenna e Sheila são bem diferentes.

— Eu sei, não é isso, no entanto. Contudo, se quer saber, Tommy, tenho pensado nessas duas.

— E chegou a alguma conclusão?

— Não exatamente. Mas aquele bilhete... aquele que Mrs. Sprot encontrou no chão do quarto quando Betty foi sequestrada.

— O que tem?

— Toda aquela conversa de estar enrolado em uma pedra e ter sido arremessado pela janela é conversa fiada. O bilhete foi posto ali por alguém... para que Mrs. Sprot o encontrasse. E acho que foi Mrs. Perenna.

— Mrs. Perenna, Carl, Vanda Polonska... todos mancomunados.

— É. Você reparou como Mrs. Perenna chegou no momento crítico e encerrou o assunto sobre não ligarem para a polícia? Ela assumiu o controle da situação.

— Então ela ainda é sua aposta para M.

— Sim, não é a sua?

— Acho que sim... — falou Tommy devagar.

— Ora, tem outra aposta?

— Deve ser coisa de minha cabeça.

— Diga.

— Não, melhor não. Não tenho base para afirmar. Ora, esqueça. Mas, se estou certo, não é M que estamos enfrentando, mas N.

Ele ficou pensativo.

— Bletchley. Acho que ele parece inocente. Por que não pareceria? Faz o tipo... talvez até demais, e, além disso, era ele quem queria chamar a polícia. Sim, mas pode ser que já tivesse certeza de que a mãe da criança não permitiria. O bilhete ameaçador se certificara disso. Ele teve a liberdade de incentivar o outro ponto de vista...

E assim Tommy voltou ao irritante e instigante problema para o qual ainda não havia uma resposta.

Por que sequestrar Betty Sprot?

———

Havia um carro parado em frente ao portão da Sans Souci no qual se lia POLÍCIA.

Mergulhada em seus pensamentos, Tuppence mal reparou na viatura. Entrou na casa pela porta da frente e subiu direto para seu quarto.

Então parou, espantada, na soleira da porta, quando uma figura alta se virou para ela, na janela.

— Minha nossa! — disse Tuppence. — Sheila?

A garota veio em sua direção. Tuppence pôde vê-la com nitidez, os olhos faiscantes e profundos em seu rosto branco e trágico.

— Que bom que chegou — falou Sheila. — Eu estava esperando a senhora.

— O que houve?

Com uma voz tranquila e apática, ela respondeu:

— Prenderam Carl!

— A polícia?

— Sim.

— Ah, céus — comentou Tuppence. Ela ficou sem graça. Apesar da tranquilidade na voz de Sheila, Tuppence sabia muito bem o que estava por trás daquilo.

Fossem conspiradores ou não, essa garota amava Carl von Deinim, e Tuppence sentiu um aperto no peito de compaixão por essa moça tão jovem e trágica.

Sheila perguntou:

— O que devo fazer?

A pergunta simples, mas carregada de desamparo, fez Tuppence se encolher. Sem saber o que dizer, ela respondeu:

— Ah, minha querida.

— Levaram ele embora. Nunca mais vou vê-lo. — A voz de Sheila parecia uma gaita fúnebre. Ela gritou: — O que eu faço agora? O que eu faço agora?

Então desabou de joelhos no chão, debruçou-se na cama e se desfez em lágrimas.

Tuppence acariciou seus cabelos pretos. E disse, com a voz fraca:

— Pode... não ser verdade. Talvez só o deixem trancafiado por algum tempo. Afinal, ele é um estrangeiro, representa o inimigo.

— Não foi o que disseram. Estão revistando o quarto dele agora.

— Bom, se não acharem nada... — disse Tuppence, com cuidado.

— É claro que não vão achar nada! O que poderiam achar?

— Não sei. Achei que você pudesse saber...

— Eu?

A reação de desprezo e surpresa foi real demais para ser fingimento. Qualquer suspeita que Tuppence já tivera sobre Sheila Perenna estar envolvida no esquema caiu por terra. A garota não sabia de nada, nunca soube.

— Se ele é inocente... — disse Tuppence.

Sheila a interrompeu:

— Que diferença faz? A polícia vai criar caso contra ele.

— Bobagem, querida — retrucou Tuppence, com firmeza. — Isso não é verdade.

— A polícia britânica sempre dá um jeito. É o que minha mãe diz.

— Sua mãe diz isso, mas ela está enganada. Posso garantir que ela está enganada.

Sheila olhou para Tuppence com ar de dúvida por um ou dois minutos. Então respondeu:

— Muito bem. Se é o que a senhora diz. Confio em você.

Tuppence se sentiu muito desconfortável. Afirmou, de supetão:

— Você confia demais nas pessoas, Sheila. Talvez tenha sido imprudente ao confiar no Carl.

— Também está contra ele? Achei que gostasse de Carl. Ele também achou.

Pobres jovens, tão crédulos nos sentimentos alheios. Mas era verdade, Tuppence gostara de Carl. Ainda gostava.

Em tom cansado, Tuppence explicou:

— Preste atenção, Sheila, gostar ou não gostar não tem nada a ver com os fatos. A Inglaterra e a Alemanha estão em guerra. Há muitos jeitos de servir à pátria. E um deles é obtendo informações... e trabalhar por trás das linhas inimigas. É uma atitude corajosa, porque, se a pessoa é pega... é o fim.

— Você acha que Carl...

— Poderia estar servindo à pátria desse jeito? É possível, não acha?

— Não — respondeu Sheila.

— Poderia ser o trabalho dele, vir para cá como refugiado, passar uma imagem antinazista e andar por aí conseguir informações.

— Não é verdade. — A voz de Sheila estava baixinha. — Conheço Carl. Conheço seu coração e sua mente. Seu maior interesse é pela ciência, pelo trabalho que faz, pela verdade e pelo conhecimento. Ele é grato à Inglaterra por deixá-lo trabalhar aqui. Às vezes, quando as pessoas lhe dizem coisas cruéis, ele se sente um alemão amargo. Mas sempre odiou os nazistas e tudo que eles representam... a negação da liberdade.

— Mas isso é o que ele precisa falar, é claro — comentou Tuppence.

Sheila a olhou com reprovação.

— Então acha que ele é um espião?

— Acho que existe — Tuppence hesitou um pouco — a possibilidade.

Sheila caminhou até a porta.

— Entendi. Sinto muito por ter vindo pedir sua ajuda.

— Mas o que pensou que eu poderia ter feito, minha querida?

— Você tem contatos. Filhos no Exército e na Marinha, e já escutei a senhora dizer mais de uma vez que eles conhecem pessoas influentes. Achei que talvez pudesse pedir que eles... fizessem algo?

Tuppence então pensou nos filhos imaginários: Douglas, Raymond e Cyril.

— Acho — disse Tuppence — que eles não vão poder fazer nada, infelizmente.

Sheila virou o rosto para cima e disse, com fervor:

— Então não há esperanças. Vão levá-lo embora e encarcerá-lo, e, em uma bela manhã, vão colocá-lo contra uma parede e fuzilá-lo... e este será o fim.

Ela saiu do quarto e bateu porta.

"Droga, droga, malditos irlandeses!", pensou Tuppence, irritada por sua confusão de sentimentos. "Por que têm esse poder de distorcer os fatos até você não saber mais o que pensar? Se Carl von Deinim é espião, merece ser fuzilado. Devo me ater a isso, não posso cair no feitiço dessa garota de sotaque irlandês e achar que se trata da tragédia de um herói e um mártir!"

Ela se lembrou da voz de uma atriz famosa citando uma fala da peça *Riders to the Sea*, de John Millington Synge:

"Um bom momento de silêncio é o que eles terão..."

Comovente... nos embalando em uma maré de emoções...

Então pensou:

"E se não for verdade? Ah, e se não fosse verdade...?"

Ainda assim, sabendo do que sabia, como poderia duvidar?

———

O pescador, sentado na ponta do píer velho, lançou o anzol e girou o molinete.

— Temo que não haja dúvidas — afirmou ele.

— Sabe — respondeu Tommy —, lamento que isso tenha acontecido. Ele é, bem, um bom sujeito.

— Eles são, meu caro, eles em geral são. Não são os gambás ou os ratos de um país que se voluntariam para ir ao país inimigo. São os corajosos. Sabemos disso muito bem. Mas está provado.

— Sem sombra de dúvida?

— Sim. Entre as fórmulas químicas, havia uma lista de pessoas da fábrica de quem ele deveria se aproximar, possíveis simpatizantes do fascismo. Havia também um esquema sagaz de sabotagem e um processo químico que, se aplicado a fertilizantes, poderia devastar grandes áreas de plantio. Tudo na conta de Carl.

Contrariado, execrando a esposa em segredo por fazê-lo prometer que perguntaria isso, Tommy disse:

— Não acha possível que alguém tenha tentado incriminá-lo?

Mr. Grant abriu um sorriso diabólico.

— Ah — disse ele —, isso é coisa de sua mulher, com certeza.

— É... bem... sim, é verdade.

— Ele é um rapaz atraente — disse Mr. Grant, condescendente. Então continuou: — Mas falo sério. Acho impossível levar essa hipótese em consideração. Sabe, ele tinha um estoque de tinta invisível. Isso é muito incriminador. E não estava tão visível quanto estaria se houvesse sido plantado. Não era um "xarope a ser ingerido caso necessário" no lavatório nem nada assim. Na verdade, estava escondido com extrema engenhosidade. Só tive contato com esse método uma vez em toda a minha carreira, quando um sujeito usou botões de colete. Embebido na tinta, entende? Quando ele queria usá-la, afundava o botão na água. Carl von Deinim não usava botões, mas os cadarços dos sapatos. Deveras interessante.

— Nossa! — exclamou Tommy. Algo se inquietou em sua mente, uma ideia vaga, nebulosa...

Tuppence foi mais rápida. Assim que o marido falou sobre essa conversa, ela pescou o ponto principal:

— Um cadarço? Tommy, está explicado!

— O quê?

— Betty, seu tolo! Não se lembra daquela coisa engraçada que ela fez aqui no quarto, quando tirou o cadarço de todos os sapatos e mergulhou na água? Na hora achei curioso que a menina tivesse pensado naquilo. Mas é claro que ela vira Carl fazer e estava imitando o rapaz. Ele não poderia arriscar que ela contasse o que viu, então armou o sequestro com aquela mulher.

— Então está esclarecido.

— Sim. É tão bom quando as coisas começam a se encaixar. Assim podemos deixar isso para trás e avançar um pouco.

— Precisamos avançar mesmo.

Tuppence assentiu.

A situação era de fato sombria. A França se rendera de forma súbita e espantosa... para o desânimo e a perplexidade de seu povo.
O destino da Marinha francesa era incerto.
Todo a costa da França estava tomada pelos alemães, e os rumores sobre uma invasão já haviam deixado de ser uma contingência remota.
Tommy disse:
— Carl von Deinim era apenas um elo da corrente. Mrs. Perenna é a fonte principal.
— É, temos que nos concentrar nela agora. Mas não será fácil.
— Não. Se ela é a líder do negócio, não poderá ser fácil.
— Então M é Mrs. Perenna?
Tommy achava que sim e disse, calmo:
— Acha mesmo que a garota não está envolvida?
— Tenho certeza.
Tommy suspirou.
— Bom, você sabe melhor do que eu. Nesse caso, porém, ela é uma azarada. Primeiro o rapaz que ama... depois a mãe. Não vai lhe restar muito, não é?
— Não é problema nosso.
— Não, mas imagine se estivermos enganados... e M ou N forem outras pessoas?
Tuppence respondeu, com frieza:
— Vai insistir nisso até quando? Não acha que talvez seja só pensamento positivo de sua parte?
— Como assim?
— Estou falando de Sheila Perenna, ora.
— Não acha que está sendo absurda, Tuppence?
— Não, não acho. Ela mexeu com você, Tommy, assim como mexe com todos os homens...
Tommy ficou bravo.
— Não é nada disso. Apenas tenho minhas hipóteses.
— Que são?

— Prefiro mantê-las em segredo por enquanto. Veremos quem está com a razão.

— Que seja, mas ainda acho que temos que ficar na cola de Mrs. Perenna. Descobrir por onde anda, com quem se encontra... tudo. Deve haver uma conexão. É melhor você instruir Albert para que comece hoje à tarde.

— Você faz isso. Estarei ocupado.

— Fazendo o quê?

— Jogando golfe.

Capítulo 9

— Lembra os velhos tempos, não é, madame? — comentou Albert.

Ele estava radiante. Apesar de já ser um sujeito de meia-idade ligeiramente gordo, Albert ainda tinha o mesmo coração sonhador de menino que o levou a se associar a Tommy e Tuppence em sua juventude aventureira.

— Lembra-se de como me conheceu? — perguntou Albert.

— Eu polia corrimões de bronze naqueles prédios de gente rica. Ah, lembra-se do porteiro, aquele zé-ninguém mandão? Não largava do meu pé! E então a senhora apareceu e contou aquela história para mim! Um monte de cascata sobre aquela bandida chamada Ready Rita. Mas acabou que aquilo tudo tinha um fundo de verdade. E desde então, como se diz, nunca mais olhei para trás. Vivemos umas belas aventuras antes de sossegar.

Albert suspirou e, Tuppence, por uma associação direta de assuntos, perguntou como Mrs. Albert estava de saúde.

— Ah, a patroa está bem... mas não se acostuma com o galês. Diz que eles têm que aprender a falar inglês direito, e toda essa coisa do bombardeio aéreo... Ora, já tiveram uns dois por lá, deixaram uns buracos nos campos onde daria para colocar um carro, diz ela. Então como fica a segurança? Era melhor ter permanecido em Kennington, diz ela, onde não teria que ver todo dia aquele monte de árvore melancólica e poderia comprar leite que vem em uma garrafa.

— Não sei — disse Tuppence, de repente abalada —, se deveríamos metê-lo nessa história, Albert.

— Besteira, madame — disse Albert. — Tentei me voluntariar para servir, mas eles são tão arrogantes que nem quiseram olhar para minha cara. Espera sua faixa etária ser convocada, disseram. E eu, na flor da idade ainda, doido pra acabar com a raça de meia dúzia de alemães... desculpa o linguajar, madame. É só a senhora me dizer o que preciso fazer para acabar com a festinha deles que vou correndo. Quinta-coluna, já entendi que esse é nosso inimigo, ou pelo menos é o que os jornais dizem ... mas dizer o que aconteceu com as outras quatro colunas, que é bom, nada. Mas a conclusão é: estou aqui para ajudar a madame e o Capitão Beresford no que precisar.

— Ótimo. Vou explicar o que queremos de você.

———

— Conhece Bletchley há muito tempo? — perguntou Tommy, dando um passo para fora do *tee* e observando com orgulho a bola cair no centro do *fairway*.

O Comandante Haydock, que também fizera uma bela jogada e estampava uma expressão satisfeita no rosto enquanto pendurava a bolsa com os tacos nas costas, respondeu:

— Bletchley? Deixe-me pensar. Ah, deve ter uns nove meses. Ele se mudou para cá no outono passado.

— Acho que comentou, era um amigo de outros amigos seus, não era? — falou Tommy, como quem não quer nada.

— Comentei? — disse o comandante, um pouco surpreso. — Não, acho que não. Se não me engano, eu o conheci aqui no clube.

— Um homem misterioso, não acha?

O comandante não conseguiu disfarçar a surpresa.

— Misterioso? O velho Bletchley? — Ele parecia incrédulo.

Tommy suspirou com discrição. Pelo visto, estava imaginando coisas.

Deu a segunda tacada um pouco forte demais. Haydock fez uma bela jogada com um taco de ferro, parando logo antes de entrar no *green*. Ao se aproximar de Tommy, disse:

— Mas de onde tirou que Bletchley é um sujeito misterioso? Eu devo ter dito algo sobre ele ser um camarada banal, um militar típico. Um pouco teimoso e tal... com uma vida regrada, uma vida militar... mas misterioso?

Tommy respondeu, reticente:

— Ah, bem, acho que tirei essa ideia do comentário de outra pessoa...

Começaram o *putting*. O comandante levou a melhor.

— Três a dois — observou ele, satisfeito.

Então, conforme Tommy esperava, com a mente livre de preocupações sobre o jogo, o comandante voltou ao assunto.

— Mas misterioso como? — perguntou.

Tommy deu de ombros.

— Não sei, apenas me parece que ninguém sabe muito da vida dele.

— Ele esteve em Rugbyshires.

— Tem certeza disso?

— Bem, eu... não tenho certeza de nada. Mas, Meadowes, o que há? Algum problema com Bletchley?

— Não, não, claro que não — negou Tommy depressa. Ele já soltara a isca. Só precisava se sentar e assistir à mente do comandante persegui-la.

— Ele sempre me deu a impressão de ser um sujeito tão típico... — disse Haydock.

— É verdade.

— Ah, sim... entendi o que quer dizer. Um pouco típico demais, talvez?

"Estou guiando a testemunha", pensou Tommy. "Talvez algo se ilumine na mente dele."

— Sim, sim, entendi — prosseguiu o comandante, pensativo. — E agora, pensando melhor, de fato nunca fui apresentado a ninguém que conhecesse Bletchley antes de ele vir morar aqui. Ele não recebe visitas de velhos amigos... nem nada parecido.

— Ah, certo — disse Tommy, e completou: — Vamos jogar outra vez? Não custa nada se exercitar um pouco mais. Está uma tarde muito agradável.

Dirigiram até o início da pista, então se separaram para as tacadas seguintes. Quando se reencontraram no *green*, Haydock falou de repente:

— Conte-me o que ouvir falar dele.

— Nada... nada mesmo.

— Não precisa ser tão cauteloso comigo, Meadowes. Estou acostumado a todo tipo de boatos. Entende o que quero dizer? As pessoas me procuram. Porque sabem que tenho muito interesse por esse assunto. Qual é o problema? Bletchley não é o que parece ser?

— Foi apenas uma insinuação.

— O que acha que ele é? Um teuto? Besteira, ele é tão inglês quanto eu e você.

— Ah, sim, tenho certeza de que ele é um bom homem.

— Ora, ele está sempre esbravejando para que os estrangeiros sejam trancafiados. Não lembra a veemência com que se opôs àquele camarada alemão... e com razão, ao que parece. Ouvi extraoficialmente do chefe de polícia que eles encontraram provas suficientes para levar Carl von Deinim à forca uma dúzia de vezes. Ele estava tramando um plano para envenenar o abastecimento de água do país inteiro e vinha trabalhando na fabricação de um novo gás... tudo isso em uma de nossas fábricas! Agora você vê a miopia de nosso povo em deixar um camarada desses entrar aqui! Acredita em tudo, esse nosso governo! Basta qualquer jovem chegar na Inglaterra um pouco antes da guerra, alegar que estava sendo perseguido e eles fecham os olhos e entregam tudo de mão beijada! Fizeram a mesma coisa com aquele Hahn...

Tommy não tinha qualquer intenção de deixar o comandante voltar ao seu disco arranhado sobre a história de Hahn. Errou uma tacada de propósito.

— Que azar! — exclamou Haydock, e fez uma tacada cuidadosa. A bola entrou no buraco. — Acertei em cheio. Hoje não é seu dia. Do que falávamos?

Tommy afirmou:

— Sobre Bletchley ser perfeitamente confiável.

— Ah sim, claro. Mas lembrei agora... já ouvi uma história estranha sobre ele, só que, na época, não dei muita importância.

Neste momento, para a irritação de Tommy, eles foram saudados por dois outros jogadores. Os quatro voltaram para o clube e tomaram alguns drinques. Em seguida, o comandante olhou para o relógio e disse que ele e Meadowes precisavam ir. Tommy aceitara um convite para jantar com o comandante.

A Toca do Belchior, como sempre, estava na mais perfeita ordem. Um criado alto e de meia-idade os serviu com a destreza de um garçom. Esse tipo de serviço era raro de ser encontrado fora dos restaurantes de Londres.

Quando o homem saiu da sala, Tommy comentou o fato.

— Sim, tive sorte com Appledore — disse o comandante.

— Onde o encontrou?

— Na verdade, ele respondeu a um anúncio. Tinha recomendações excelentes, era muito superior a todos os outros que se candidataram e pediu uma remuneração baixíssima. Contratei-o no ato.

Tommy respondeu, com uma risada:

— É inegável que a guerra nos privou da maioria dos bons garçons. Quase todos eram estrangeiros. Os ingleses não são bons nesse tipo de serviço.

— É que não somos servis. Reverências e faxinas não são de nossa alçada.

Do lado de fora, enquanto tomavam um cafezinho, Tommy perguntou com delicadeza:

— O que ia dizer mesmo lá no campo? Sobre uma história estranha que envolvia Bletchley.

— O que era mesmo? Ora, viu aquilo? A luz no mar? Onde está meu telescópio?

Tommy suspirou. Até as estrelas pareciam conspirar contra ele. O comandante, agitado, correu para dentro de casa e saiu em seguida, varreu todo o horizonte com seu telescópio e começou a traçar um sistema de sinalização inimiga espalhado pela costa, que não parecia ter qualquer evidência de ser real, então dedicou-se a descrever a imagem sombria de uma invasão iminente e bem-sucedida.

— Falta organização e coordenação adequada. Você já foi voluntário da LVD, Meadowes, sabe como é. Com um homem como o velho Andrews no comando...

Mais um assunto repisado pelo comandante. A liderança de Andrews era seu grande incômodo. Achava que deveria ser o diligente e, caso tivesse o poder, com toda certeza exoneraria o Coronel Andrews.

O criado serviu uísque e licores enquanto o comandante seguia com seu discurso.

— É espião para todo lado... em todo lugar. A mesma coisa da última guerra: barbeiros, garçons...

Tommy se ajeitou na cadeira e observou enquanto Appledore perambulava com sua agilidade servil, pensando: "Garçons? Esse sujeito tem mais cara de Fritz do que de Appledore..."

Ora, por que não? Era certo que o camarada falava um inglês exemplar, mas muitos alemães também falavam. Haviam aperfeiçoado o idioma com anos em restaurantes na Inglaterra. O tipo também fazia sentido. Loiro, olhos azuis, uma cabeça de formato diferente... Sim, a cabeça... Onde ele vira uma cabeça semelhante outro dia...

Ele falou por impulso. As palavras se encaixavam bem o suficiente com as do comandante.

— É tanto formulário para preencher. Uma patacoada! Tantas perguntas sem sentido...

Tommy disse:

— É verdade. Perguntas como: "Qual é seu nome?" M ou N?

De repente, um escorregão... e uma queda. Appledore, o garçom perfeito, cometeu um deslize. Encharcou a mão e o punho da camisa de Tommy com *crême de menthe*.

— Desculpe, senhor — falou Appledore.

Haydock explodiu de raiva.

— Seu desastrado incompetente! O que acha que está fazendo?

Seu rosto, em geral avermelhado, ficou roxo de raiva. Tommy pensou: "Falam do sangue quente do Exército, mas é na Marinha que as coisas esquentam!" Haydock continuou com sua torrente de insultos. Appledore não parava de pedir desculpas.

Tommy ficou constrangido pelo garçom, mas, de repente, como em um passe de mágica, a ira do comandante evaporou e ele retomou sua cordialidade.

— Venha comigo para se lavar. Sinceramente... Tinha que ser justo o *crême de menthe*...

Tommy foi conduzido pelo comandante para um dos banheiros suntuosos e cheios de parafernália. Lavou a mancha pegajosa com cuidado. O comandante falava do cômodo ao lado, envergonhado:

— Acho que me excedi. Pobre Appledore... ainda bem que ele sabe que perco as estribeiras de vez em quando.

Tommy se afastou da pia e secou as mãos. Não notou o pedaço de sabonete que deixara cair no chão. Pisou sem querer. O chão estava muito bem encerado.

No instante seguinte, Tommy fazia um ousado passo de bailarino. Disparou pelo banheiro com os braços abertos. Um deles bateu na torneira direita da banheira, o segundo acertou em cheio um pequeno armário. Foi um movimento tão extravagante que só poderia ser causado por uma catástrofe como aquela.

Um de seus pés derrapou e chutou com força a parte inferior da banheira.

Parecia um truque de mágica. A banheira se descolou da parede e girou em um eixo secreto. Tommy se deparou com um recuo escuro na parede. Não houve dúvidas do que ocupava aquele recuo. Era um rádio de transmissão.

O comandante se calara. De repente, ele apareceu na porta. Em um estalo, várias informações se encaixaram para Tommy. Como não percebera nada até então? Aquele rosto jovial, corado — o rosto de um "inglês cordial" — não passava de uma máscara. Por que não vira desde o começo suas feições como eram: as de um oficial prussiano autoritário e mal-humorado? É claro que percebera tudo isso graças à ajuda do incidente que acabara de ocorrer. Aquilo o fez se lembrar de outro incidente, da ira de um prussiano contra seu subordinado, a demonstração da insolência de um nobre alemão. O Comandante Haydock também reagira dessa forma ao deslize de seu subordinado minutos antes.

Tudo se encaixava. O blefe duplo. Hahn, o agente inimigo, fora enviado primeiro para preparar o terreno, contratar empregados estrangeiros, chamar atenção para suas operações visando a segunda etapa do plano, seu desmascaramento executado pelo valente marinheiro inglês, o Comandante Haydock. E a subsequente naturalidade com que este homem comprou a casa e contou a história a todos, repetindo e repetindo sua história. E assim, N, instalado em segurança neste lugar a que foi designado, com comunicações ultramarinas e sistema de rádio e seus assessores hospedados na Sans Souci, estava apto para levar o plano da Alemanha a cabo.

Tommy não conseguiu conter a admiração. Tudo fora planejado com perfeição. Nem ele jamais suspeitara de Haydock, via o homem como um típico inglês... e, não fosse pelo acidente imprevisto, tampouco cairia em si.

Todas essas informações passaram pela cabeça de Tommy em segundos. Ele se deu conta, de maneira irrefutável, de que estava, sem dúvida, correndo perigo. Para evitá-lo, precisaria representar bem o papel do inglês burro e ingênuo.

Virou-se para Haydock e se esforçou para esboçar uma risada natural.

— Minha nossa, sua casa é de fato surpreendente. Esta era mais uma das parafernálias de Hahn? Acho que não cheguei a ver naquele dia.

Haydock estava imóvel. A tensão pairava por todo o seu corpanzil, que bloqueava a porta.

"Não sou páreo para ele", pensou Tommy. "E ainda tem aquele maldito empregado."

Haydock permaneceu por um instante como se fosse moldado em pedra, então relaxou e disse, com uma risada:

— Mas que cena, Meadowes. Você deslizou no chão feito um bailarino! Nunca imaginei que tivesse chance de algo assim acontecer um dia. Seque as mãos e vamos para o outro cômodo.

Tommy o seguiu para fora do banheiro. Estava em alerta e com todos os músculos tensos. De um jeito ou de outro, precisava conseguir sair em segurança dessa casa com o que havia descoberto. Será que poderia engambelar Haydock? Ele parecia agir com naturalidade.

Com o braço ao redor do ombro de Tommy, um meio abraço casual, talvez, ou talvez nem tanto, Haydock o conduziu até a sala de estar. Então, fechou a porta.

— Preste atenção, meu caro. Tenho algo a lhe dizer.

Era um tom de voz natural, amigável... talvez um pouco envergonhado. Ele indicou que Tommy se sentasse.

— É um pouco estranho — falou ele. — Pode acreditar, é estranho! Mas não tenho opção a não ser confiar em você. No entanto, nada do que direi poderá sair daqui, compreende, Meadowes?

Tommy se empenhou para demonstrar extremo interesse.

Haydock se sentou e puxou a cadeira para perto.

— Meadowes, é o seguinte. Ninguém pode desconfiar, mas eu trabalho para o serviço secreto, no departamento MI42 BX. Já ouviu falar?

Tommy balançou a cabeça e intensificou a expressão de interesse.

— Bem, é ultrassecreto. Um círculo exclusivo, se me entende. Transmitimos algumas informações daqui... mas seria um desastre se esse fato vazasse.

— Claro, claro — disse Mr. Meadowes. — Que interessante! É evidente que pode contar com minha discrição.

— Sim, é essencial. Porque a coisa toda é confidencial.

— Eu compreendo. Seu trabalho deve ser muito emocionante. Muito emocionante mesmo. Adoraria saber mais a respeito, mas acho que não devo perguntar, certo?

— De fato, é melhor não. Como eu disse, é ultrassecreto.

— Ah, claro, entendo. Peço mil desculpas... por aquele acidente fabuloso....

E pensou: "Será que vai funcionar? Ele acha que vou cair nesse papo?"

Tudo lhe parecia incrível. Então ele refletiu sobre a vaidade, a ruína de tantos homens. O Comandante Haydock era um sujeito esperto, grande... e esse pobre Meadowes era um inglês bobalhão, do tipo que acreditava em qualquer coisa! O bom seria que Haydock continuasse a pensar assim.

Tommy seguiu com o plano. Demonstrava interesse e curiosidade. Sabia que não devia fazer muitas perguntas, mas... ele imaginava que o trabalho do Comandante Haydock fosse muito perigoso, não? Já estivera a serviço na Alemanha?

Haydock respondia com simpatia. Voltara a ser o marinheiro inglês bonachão... o oficial prussiano desaparecera. Mas Tommy, ao observá-lo pelo novo ângulo, se perguntava como se deixara enganar. O formato da cabeça, a linha do maxilar... nada daquilo era britânico.

Em seguida, Mr. Meadowes se levantou. Era o teste final. Será que conseguiria escapar?

— Devo ir agora, comandante, já está tarde... Sinto muitíssimo por ter causado esse transtorno, mas asseguro que não comentarei nada com ninguém.

"É agora ou nunca. Será que ele me deixará ir? Preciso estar preparado... um direto no queixo seria a melhor opção."

Com um jeito amigável e entusiasmado, Mr. Meadowes caminhou em direção à porta.

Ele estava no saguão. Conseguira abrir a porta da frente.

Pela porta à direita, teve um vislumbre de Appledore arrumando os utensílios para o café da manhã no dia seguinte. Aqueles dois patetas iam deixá-lo escapar impune!

Tommy e Haydock, de pé na varanda, combinaram uma partida para o sábado seguinte.

Tommy, sombrio, pensou: "Não haverá sábado seguinte para você."

Vozes soavam na rua. Dois homens voltavam de uma caminhada no promontório. Tommy e o comandante os conheciam de vista. Tommy acenou para eles. Eles pararam. Os quatro trocaram algumas palavras em frente ao portão, então Tommy fez o cumprimento final e, despedindo-se de seu anfitrião, saiu ao lado de ambos os homens.

Conseguira escapar.

Haydock, aquele panaca, caíra no papo dele!

Ele ouviu Haydock voltar para a casa, entrar e fechar a porta. Tommy desceu a colina na companhia de seus dois novos amigos.

Parecia que o tempo ia mudar.

O jogo de Monroe estava horrível.

O outro camarada, Ashby, se recusara a se voluntariar para a LDV. Disse que não era nada bom. O serviço era pesado demais. O jovem Marsh, responsável pelos tacos de golfe, era objetor meticuloso da guerra. Meadowes não achava que o assunto deveria ser submetido ao comitê? Havia ocorrido um ataque a Southampton na noite anterior... que causara estragos. O que Meadowes pensava da Espanha? Estava adotando um comportamento cruel? É claro que, desde o colapso da França...

Tommy sentia vontade de gritar. Que bela conversa banal. Que sorte tremenda estes dois homens terem aparecido bem naquele momento.

Ele se despediu no portão da Sans Souci e entrou.

Subiu a trilha assoviando.

Acabara de virar em uma curva escura perto dos rododendros quando algo pesado bateu em sua cabeça. Ele caiu para a frente e apagou.

Capítulo 10

— A senhora disse três de espadas, Mrs. Blenkensop? Sim, Mrs. Blenkensop dissera três de espadas. Mrs. Sprot voltou esbaforida do telefone.

— E mudaram o horário do exame da ARP novamente. *Lamentável* — disse ela, fazendo um lance.

Miss Minton, como sempre, atrasava o andamento do jogo com suas repetições.

— Eu disse dois de paus? Tem certeza? Jurava que vocês tinham dito que o jogo era sem trunfo... ah, sim, agora lembrei. Mrs. Cayley disse um de copas, não? Eu ia dizer "sem trunfo", embora não tivesse conseguido fazer as contas, e, a bem da verdade, acho que deveríamos fazer um jogo mais audacioso... e aí Mrs. Cayley disse um de copas, e tive que botar meu dois de paus. Sempre acho difícil quando temos muitas cartas iguais...

Às vezes, Tuppence pensava que seria muito mais rápido se Miss Minton simplesmente baixasse seu jogo na mesa para todos verem. Ela era incapaz de não descrever cada carta que tinha.

— Então agora estamos resolvidas — falou Miss Minton, triunfante. — Um de copas, dois de paus.

— Dois de espadas — falou Tuppence.

— Passei, não? — disse Mrs. Sprot.

Olharam para Mrs. Cayley, que estava inclinada para a frente, escutando. Miss Minton continuou:

— Aí Mrs. Cayley disse dois de copas, e eu disse três de ouros.

— E eu, três de espadas — falou Tuppence.

— Passo — anunciou Mrs. Sprot.

Mrs. Cayley ficou em silêncio. Enfim se deu conta de que todas olhavam para ela.

— Ah, perdão — disse, enrubescida. — Perdão. Pensei que talvez meu marido estivesse precisando de mim. Espero que esteja bem, sentado lá fora.

Ela olhou para cada uma das jogadoras.

— Se não se importarem, gostaria de ir lá dar uma *olhada*. Ouvi um barulho estranho. Talvez o livro dele tenha caído.

Ela disparou até a janela. Tuppence soltou um suspiro exasperado.

— Ela devia usar um barbante amarrado no pulso — comentou. — Assim o marido poderia puxar quando precisasse dela.

— É uma esposa dedicadíssima — respondeu Miss Minton. — Bonito de ver, não é?

— Acha mesmo? — perguntou Tuppence, que não estava de bom humor.

A três esperaram em silêncio por um ou dois minutos.

— Onde está Sheila? — perguntou Miss Minton.

— Foi ao cinema — respondeu Mrs. Sprot.

— E Mrs. Perenna? — perguntou Tuppence.

— Avisou que ia fazer a contabilidade no quarto — falou Miss Minton. — Pobrezinha. É cansativo demais fazer contas.

— Ela não ficou esse tempo todo fazendo contas — retrucou Mrs. Sprot —, porque a vi chegando enquanto eu estava no telefone.

— Onde será que estava? — disse Miss Minton, que se ocupava com acontecimentos tão pequenos. — Não era no cinema, ou ainda não teria voltado.

· M OU N? ·

149

— Ela não usava chapéu ou casaco — observou Mrs. Sprot. — O cabelo estava bagunçado, e, pela aparência, teve que correr ou algo assim. Estava sem fôlego. Disparou para o quarto sem dizer nada e olhou feio para mim... mas tenho certeza de que *eu* não fiz nada.

Mrs. Cayley reapareceu na janela.

— Imaginem — falou —, Mr. Cayley estava passeando sozinho no jardim. Gostou muito, segundo ele. Está uma noite agradável.

Ela voltou a se sentar.

— Vejamos... Ah, será que podemos refazer os lances?

Tuppence reprimiu um suspiro irritado. As jogadoras refizeram os lances, e ela jogou um três de espadas.

Mrs. Perenna entrou quando estavam cortando o monte para a próxima vaza.

— Fez um bom passeio? — perguntou Miss Minton.

Mrs. Perenna lançou um olhar penetrante e desagradável para ela e respondeu:

— Eu não saí.

— Ah, é mesmo? Achei ter ouvido Mrs. Sprot dizer que acabara de chegar.

Mrs. Perenna explicou:

— Só fui ver como estava o tempo.

Seu tom era malcriado. Ela disparou um olhar hostil para a submissa Mrs. Sprot, que corou e pareceu assustada.

— Que coisa — disse Mrs. Cayley, dando sua contribuição. — Mr. Cayley também estava dando uma volta no jardim.

Mrs. Perenna perguntou, ríspida:

— Por quê?

— Porque está uma noite agradável — falou a outra. — Ele nem quis vestir os dois cachecóis e *ainda* não quer voltar para dentro. Espero que não pegue um resfriado.

— Há coisas piores do que resfriados — retrucou Mrs. Perenna. — Pode cair uma bomba a qualquer momento e nos explodir em pedacinhos!

— Minha nossa, espero que não.
— É mesmo? *Eu* espero que sim.

Mrs. Perenna foi para a varanda. As quatro jogadoras de bridge ficaram olhando.

— Ela está tão *estranha* hoje — disse Mrs. Sprot.

Miss Minton se inclinou para cochichar:

— Por acaso, vocês acham que... — Ela olhou de um lado para o outro. Todas se inclinaram para ouvir. — Vocês acham que ela bebe?

— Meu Deus — respondeu Mrs. Cayley. — Será? É uma boa explicação. Realmente... ela é bastante imprevisível às vezes. O que acha, Mrs. Blenkensop?

— Ah, *acho* que não. Deve estar preocupada com alguma coisa. Hum... sua vez, Mrs. Sprot.

— Céus, o que posso fazer? — perguntou Mrs. Sprot, olhando as cartas.

Ninguém se voluntariou para ajudá-la, embora Miss Minton, que espiava descaradamente a mão da mulher, talvez estivesse em posição de aconselhar.

— Isso não foi Betty, foi? — perguntou Mrs. Sprot, levantando a cabeça.

— Não — disse Tuppence, certa de que daria um chilique se o jogo não avançasse.

Mrs. Sprot olhou reticente para as cartas, ainda preocupada com a filha. Então falou:

— Ah, um de ouros, *acho*.

A vaza recomeçara. Mrs. Cayley estava em vantagem.

— Na dúvida jogue um trunfo, é o que dizem — gabou-se, baixando um nove de ouros.

Uma voz grave e cordial exclamou:

— Essa carta é a maldição da Escócia!

Mrs. O'Rourke estava na janela. Ela respirava fundo, os olhos cintilantes. Com ar dissimulado e malicioso, entrou na sala.

— Uma bela partidinha de bridge, não é?

— O que é isso em sua mão? — perguntou Mrs. Sprot, curiosa.

— Um martelo — respondeu Mrs. O'Rourke, amigável. — Encontrei na subida para a casa. Com certeza alguém esqueceu lá.

— Que lugar estranho para esquecer um martelo — comentou Mrs. Sprot, pensativa.

— É verdade — concordou Mrs. O'Rourke.

Ela parecia estar de muito bom humor. Foi para o saguão balançando o martelo pelo cabo.

— Vejamos — disse Miss Minton. — Quais são os trunfos mesmo?

O jogo avançou durante cinco minutos sem interrupções, até que o Major Bletchley chegou. Ele tinha ido ao cinema e começou a contar para as jogadoras a trama detalhada de *The Wandering Minstrel*, que se passa no reinado de Ricardo I. O major, como bom militar, fez uma longa crítica das cenas de batalha.

A partida ainda não tinha terminado, porque Mrs. Cayley olhou para o relógio e, ao se dar conta de que já era tão tarde, soltou um gritinho horrorizado e saiu correndo para buscar Mr. Cayley. Ele gostou muito do papel de inválido abandonado, tossindo de um jeito sepulcral, tremendo de forma dramática e repetindo sem parar:

— Está tudo *bem*, querida. Espero que tenha se divertido. *Não* se preocupe comigo. *Mesmo* que eu tenha pegado um resfriado, que diferença faz? O mundo está em guerra!

———

No dia seguinte, na hora do café da manhã, Tuppence sentiu uma certa tensão no ar.

Mrs. Perenna, com os lábios retesados, foi ostensivamente azeda nos poucos comentários que fez. Saiu da sala de um jeito que só poderia ser descrito como agitado.

O Major Bletchley, espalhando uma grossa camada de geleia na torrada, deixou escapar uma gargalhada.

— Parece que o tempo fechou — observou ele. — Ora, ora! Mas seria mesmo de se esperar.

— Por quê? O que aconteceu? — perguntou Miss Minton, inclinando-se para a frente com ansiedade, contraindo o pescocinho de animação.

— Não sei se posso revelar... — respondeu o major, provocando.

— Ora, Major Bletchley!

— Conte *tudo* — disse Tuppence.

O Major Bletchley encarou sua plateia, pensativo: Miss Minton, Mrs. Blenkensop, Mrs. Cayley e Mrs. O'Rourke. Mrs. Sprot e Betty já tinham saído. Ele decidiu abrir o bico:

— É Meadowes. Passou a noite na gandaia. Ainda não voltou para casa.

— *O quê?* — falou Tuppence.

O Major Bletchley lhe lançou uma olhadinha maliciosa e satisfeita. Gostava de ver o embaraço daquela viúva mal-intencionada.

— É um fanfarrão, o Meadowes — disse ele, gargalhando. — Perenna está irritadíssima, é claro.

— Ó, céus — falou Miss Minton, corando.

Mrs. Cayley parecia chocada. Mrs. O'Rourke apenas soltou uma risadinha.

— Mrs. Perenna já tinha me contado — comentou ela. — Ora, os homens são assim mesmo.

Miss Minton interveio:

— Ah, mas com certeza... talvez Mr. Meadowes tenha sofrido um acidente. Na hora do blecaute antibombas, talvez.

— O bom e velho blecaute — disse o Major Bletchley. — Sempre o culpado de tudo. Podem acreditar, tem sido revelador fazer patrulha nas forças daqui. Parando os carros e tudo mais. A quantidade de esposas nas ruas "apenas esperando os maridos". E com nomes diferentes nas carteiras de identidade! E algumas horas depois, vinha a esposa ou o marido do lado oposto, desacompanhados. Rá!

Ele deu risadinhas, mas se recompôs ao notar a pungência do olhar de desaprovação de Mrs. Blenkensop.

— A natureza humana... é engraçada, não? — disse ele, sem jeito.

— Ah, mas não Mr. Meadowes — comentou Miss Minton.
— Ele pode mesmo ter sofrido um acidente. Talvez tenha sido atropelado.

— Aposto que essa é a história que ele vai contar — respondeu o major. — Foi atropelado, desmaiou e só acordou hoje de manhã.

— Pode ter ido parar no hospital.

— Nesse caso, teriam nos avisado. Ele anda com a carteira de identidade, não é?

— Minha nossa — disse Mrs. Cayley. — O que meu marido vai achar disso?

A pergunta retórica ficou sem resposta. Tuppence, assumindo uma pose de dignidade afrontada, levantou-se da mesa e saiu da sala.

O Major Bletchley deu risadinhas quando a porta bateu.

— Pobre Meadowes — falou o homem. — Deixou a viúva toda irritada. Ela jurava que o peixe já estava na rede.

— Ora, Major *Bletchley* — reprimiu Miss Minton.

O Major Bletchley deu uma piscadinha.

— Lembra-se de Dickens? *Cuidado com as viuvinhas, Sammy.*

―――

Tuppence ficou encasquetada com o sumiço sem aviso do marido, mas tentou se acalmar. Ele podia ter encontrado alguma pista quente e saído em seu encalço. As dificuldades de comunicação que enfrentavam devido às circunstâncias já eram esperadas, mas ambos haviam decidido, em comum acordo, que não poderiam ficar alarmados por ausências sem explicação. Também estabeleceram acordos para esses tipos de emergência.

De acordo com Mrs. Sprot, Mrs. Perenna saíra na noite anterior. A veemência com que ela própria negara o fato só atiçou ainda mais a especulação alheia.

Era possível que Tommy a tivesse seguido em sua saída secreta e descoberto alguma pista que valesse a pena verificar até o fim.

Sem dúvida ele se comunicaria com Tuppence através do seu jeito especial ou então apareceria muito em breve.

De todo modo, Tuppence não conseguiu evitar certa inquietude com a situação. Decidiu que, no papel de Mrs. Blenkensop, seria natural demonstrar curiosidade e até ansiedade. Sem perder mais tempo, foi atrás de Mrs. Perenna.

Mrs. Perenna não estava disposta a conversar sobre o assunto. Deixou claro que tal conduta por parte de um de seus hóspedes não seria tolerada. Tuppence, esbaforida, exclamou:

— Ora, mas talvez ele tenha sofrido um *acidente*! Só pode ser. Ele não é esse tipo de homem... como esses bestas de miolo mole nem *nada* parecido. Só pode ter sido atropelado ou algo assim.

— De um jeito ou de outro, em breve seremos informadas — disse Mrs. Perenna.

Mas o dia foi passando e nem sinal de Mr. Meadowes.

À noite, incitada pelos apelos dos hóspedes, Mrs. Perenna concordou, com extrema relutância, em ligar para a polícia.

Um sargento apareceu na pensão com um caderninho e tomou notas. E logo começou a esclarecer alguns fatos: Mr. Meadowes havia saído da casa do Comandante Haydock por volta das 22h30. De lá, foi acompanhado por Mr. Walters e o Dr. Curtis até o portão da Sans Souci, momento em que se despediu e entrou.

Dali em diante, ninguém tinha notícias de Mr. Meadowes.

Na cabeça de Tuppence, havia duas possibilidades.

Ao subir pelo caminho até a casa, Tommy viu Mrs. Perenna andando na direção oposta, então se escondeu nos arbustos para depois segui-la. Depois de observar o encontro dela com uma pessoa desconhecida, pode ter decidido ir atrás dessa pessoa enquanto Mrs. Perenna voltava para a Sans Souci. Se fosse o caso, ele estaria vivíssimo e ocupado em sua perseguição. E, assim, o esforço bem-intencionado da polícia em encontrá-lo resultaria em uma situação embaraçosa.

A outra possibilidade não era tão agradável de se imaginar. Ela se dividia em duas imagens: Mrs. Perenna voltando ofegante e desgrenhada para casa e Mrs. O'Rourke sorrindo na janela, segurando um martelo pesado.

Aquele martelo guardava terríveis possibilidades.

Por que um martelo estaria largado no jardim?

A resposta mais difícil era para a pergunta "Quem empunhava o martelo?". Tudo dependia da hora exata em que Mrs. Perenna voltara para casa. Com certeza era por volta das 22h30, mas nenhuma das jogadoras de bridge tomara nota da hora exata. Mrs. Perenna afirmara com veemência que só tinha dado uma olhadinha no tempo. Contudo, ninguém perde o fôlego só de olhar o tempo. E era flagrante a irritação dela por ter sido vista por Mrs. Sprot. Com uma dose normal de sorte, nenhuma das quatro a teria notado, afinal, estavam ocupadas jogando bridge.

Qual seria a hora exata?

Tuppence descobriu que todas eram muito imprecisas em suas respostas.

Se o horário coincidisse, Mrs. Perenna certamente era a suspeita mais provável. No entanto, havia ainda outras possibilidades. De todos os hóspedes da Sans Souci, três deles não estavam em casa quando Tommy voltou. O Major Bletchley estava no cinema... mas fora sozinho, e o jeito como insistira em recontar toda a trama do filme em tantos detalhes poderia insinuar, a uma mente desconfiada, que o homem tentava criar um álibi.

Também havia o enfermo Mr. Cayley, que saíra para dar um passeio no jardim. Não fosse o rebuliço e a ansiedade de Mrs. Cayley sobre o marido, ninguém saberia dessa caminhada. Teriam imaginado apenas que Mr. Cayley repousava em segurança na cadeira da varanda em meio a seus tantos cobertores, como uma múmia. (Não era de seu feitio, aliás, arriscar-se a contrair um resfriado no sereno.)

E, por fim, havia a própria Mrs. O'Rourke, balançando o martelo e sorrindo.

— O que houve, Deb? Você parece preocupada, querida.

Deborah Beresford se assustou e depois riu, olhando para os olhos castanhos e simpáticos de Tony Marsdon. Ela gostava de Tony. Ele era inteligente, um dos jovens talentos do departamento de codificação, com um futuro brilhante pela frente.

Deborah gostava do trabalho que fazia, embora achasse que lhe demandava uma extrema capacidade de concentração. Era cansativo, mas valia a pena, e lhe dava uma sensação agradável de importância. Aquele era um trabalho de verdade... não perder horas no hospital tentando ser enfermeira.

Ela respondeu:

— Ah, não é nada. Só *família*, sabe como é.

— Famílias são *sempre* desgastantes. O que se passa na sua?

— É minha mãe. Para ser sincera, estou um pouco preocupada com ela.

— Por quê? O que aconteceu?

— Veja bem, ela se mudou para a Cornualha para cuidar de uma tia minha deveras irritante. Está com 78 anos e completamente gagá.

— Que situação — comentou o rapaz, com empatia.

— Pois é, foi uma atitude nobre da parte de mamãe. Porém, ela também andava chateada com o fato de que ninguém parecia mais querê-la nesta guerra. Mamãe trabalhou como enfermeira e prestou outros serviços na última guerra, mas, hoje em dia, as coisas mudaram, e ninguém mais quer saber das pessoas de meia-idade. Querem os indivíduos mais jovens e dispostos. De qualquer maneira, minha mãe ficou muito abalada com tudo isso e foi para a Cornualha ficar com a tia Gracie, se envolveu em jardinagem, anda cultivando vegetais e por aí vai.

— Fez muito bem — comentou Tony.

— É, era o melhor que podia fazer. Ela ainda é muito ativa — disse Deborah, com carinho.

— Olha, me parece que ela está bem.

— Ah, sim, mas o problema não é *esse*. Fiquei muito alegre por ela e recebi uma carta animada há alguns dias.

— Então qual é o problema?

— O problema é que pedi para Charles, que estava indo visitar a família por lá, ver como ela estava. Ele procurou e procurou. Mas minha mãe não estava lá.

— Não estava *lá*?

— Não. Nunca esteve! Parece que nem passou na Cornualha!

Tony pareceu um pouco constrangido.

— Que estranho — murmurou ele. — Mas onde está... seu pai?

— O velho Cenourão? Ah, está pela Escócia. Em um desses ministérios onde passam o dia arquivando cópias triplicadas de documentos.

— Será que sua mãe não foi encontrá-lo?

— Ela não pode. Ele está em uma daquelas áreas em que não permitem esposas.

— Ah, sim... bem... talvez ela tenha dado uma escapada para espairecer em algum lugar.

Tony ficou claramente sem graça, sobretudo diante dos olhos preocupados de Deborah, que o encaravam atrás de uma resposta.

— Sim, mas por quê? É *estranho* porque, em todas as cartas, ela só fala da tia Gracie, do jardim e dos vegetais...

— Claro, claro — disse Tony, apressado. — Entendo, mas talvez ela quisesse que você acreditasse que, não sei, hoje em dia... sabe como é, as pessoas dão suas escapadas...

O olhar de Deborah, antes carregado de lamentação, encheu-se de fúria.

— Se está insinuando que minha mãe foi saracotear por aí, está enganado. Impossível. Minha mãe e meu pai são um casal devotado... muito leais um ao outro. É até uma piada na família. Ela nunca...

Tony a interrompeu:

— É claro. Perdão. Não quis dizer que...

Deborah, um pouco mais tranquila, franziu o cenho.

— O mais curioso é que outro dia alguém veio me dizer que a viu em Leahampton, mas é claro que falei que era impossível, pois ela estava na Cornualha, mas agora eu me pergunto...

Tony, com o fósforo erguido para acender um cigarro, fez uma pausa súbita, e a chama se apagou.

— Leahampton? — repetiu ele, incisivo.

— Sim. O último lugar do mundo que eu imaginaria como destino de mamãe. Nada para fazer, cheio de solteironas e coronéis aposentados.

— É, não faz sentido algum — disse Tony.

O rapaz acendeu o cigarro e perguntou, como quem não quer nada:

— O que sua mãe fez na última guerra?

Deborah deu uma resposta automática:

— Trabalhou como enfermeira e era motorista de um general... do Exército. Essas coisas de sempre.

— Ah, pensei que talvez ela tivesse sido como você... do serviço secreto.

— Não, minha mãe nunca teria cabeça para esse tipo de trabalho. Contudo, acho que ela e meu pai chegaram a trabalhar como investigadores. Documentos sigilosos, espionagem... É claro que os dois pombinhos exageram muito e dão a impressão de que tudo que faziam tinha uma enorme importância. Eu e meu irmão não incentivamos muito o assunto, porque sabe como as famílias são... as mesmas histórias repetidas ao infinito.

— Ah, claro — disse Tony Marsdon, com gentileza. — E como sei...

No dia seguinte, ao voltar para o alojamento onde morava, Deborah notou que havia alguma coisa diferente na arrumação de seu quarto.

Demorou alguns minutos para entender o que era. Então tocou a campainha do quarto da senhoria e perguntou com irritação o que acontecera com a fotografia que sempre ficava em cima da cômoda.

Mrs. Rowley ficou ao mesmo tempo aflita e ofendida.

Ela decerto não sabia o que acontecera. Não mexera em nada. Talvez Gladys...

Gladys também negou ter pegado a fotografia. Entretanto, ela informou, com esperança, que um homem da companhia de gás estivera no quarto.

Deborah se recusou a acreditar que um funcionário da companhia de gás poderia ter roubado o retrato de uma senhora de meia-idade.

Segundo ela, o mais provável era que Gladys, ao limpar o cômodo, tivesse quebrado o porta-retrato e jogado a prova do crime na lixeira.

Deborah não fez muito alarde, porém. Em breve pediria que a mãe lhe mandasse outra fotografia.

Preocupada mais uma vez, pensou: "O que será que minha mãe anda aprontando? Ela podia me contar. É claro que é totalmente absurda a insinuação de Tony de que ela esteja aprontando por aí, mas, mesmo assim, essa história está muito mal contada..."

Capítulo 11

Era a vez de Tuppence conversar com o pescador no cais.
Ela esperava que Mr. Grant pudesse ter alguma notícia reconfortante. Sua esperança logo caiu por terra. Ele afirmou que não ouvira nem um pio de Tommy.
Tuppence, esforçando-se para demonstrar firmeza e profissionalismo, disse:
— Não há motivos para acreditar que algo tenha... acontecido com ele, há?
— Nenhum. Mas vamos supor que algo tenha acontecido.
— *O quê?*
— Só falei para... supormos. Como vai sua parte da investigação?
— Ah, sim... continuarei com ela, claro.
— Isso mesmo. *Haverá o momento de chorar depois da batalha.* Estamos no auge agora. E o tempo urge. Uma das informações que você conseguiu se provou correta. O que entreouviu sobre o "quarto". Referia-se ao dia do mês que vem. É a data marcada para uma grande ofensiva contra a Inglaterra.
— Tem certeza?
— Quase absoluta. Nossos inimigos são metódicos. Planejam e executam todas as ações com um imenso apuro. Gostaria de poder dizer o mesmo sobre a Inglaterra, mas o planejamento não é nosso forte. Mas sim, dia quatro é o Dia. Todos

esses bombardeios isolados não significam nada, são apenas para reconhecimento da área, para testar nossas defesas e reflexos sob ataques aéreos. No dia quatro, a coisa vai esquentar.

— Mas se sabem disso...

— Sabemos apenas que a data está marcada. Sabemos, ou achamos que sabemos, por alto, *onde* acontecerá... mas podemos estar enganados. Estamos nos preparando ao máximo. Contudo, é a velha história da Guerra de Troia. Eles sabiam, como nós sabemos, quem representava o perigo externo. No entanto, são os inimigos internos que precisamos detectar. Os homens escondidos dentro do Cavalo de Troia! São eles que podem entregar as chaves da fortaleza. Uma dúzia de homens em pontos de vantagem, em comando, em altos cargos que, ao emitir ordens contraditórias, podem colocar o país na confusão necessária para o êxito do plano alemão. *Precisamos* ter acesso a essas informações internas antes que seja tarde.

Tuppence, desesperada, comentou:

— Eu me sinto tão inútil... tão inexperiente.

— Ah, não se preocupe. Há boas pessoas trabalhando do nosso lado, gente talentosa e capaz... mas quando há deslealdade entre nós, não sabemos ao certo em quem confiar. Você e Beresford são forças clandestinas. Ninguém sabe da participação dos dois no plano. É por isso que podem ser bem-sucedidos... é por isso que *já foram* bem-sucedidos até certo ponto.

— Não pode colocar alguém no encalço de Mrs. Perenna? Devem ter ao menos *alguns* agentes de confiança, não?

— Já providenciamos isso. Estamos trabalhando com a informação de que "Mrs. Perenna é membro do IRA, com antipatia pela Inglaterra". E isso lá é verdade... mas ainda não conseguimos mais provas. Pelo menos nada que ateste fatos cruciais. Então vá em frente, Mrs. Beresford. Continue trabalhando e dê seu melhor.

— Dia quatro — repetiu Tuppence. — Quase daqui a uma semana?

— Exatamente daqui a uma semana.

Tuppence cerrou os punhos.

— Nós precisamos descobrir *alguma coisa*! E digo "nós" porque acredito que Tommy já esteja no rastro de alguma coisa e foi por isso que não voltou. Está seguindo uma pista. Queria encontrar uma também. Eu me pergunto como. E se eu...

Ela franziu a testa, planejando uma nova forma de ofensiva.

— Como vê, Albert, é uma possibilidade.

— Claro, madame, eu entendo. Mas, sendo bastante sincero, não gosto muito da ideia.

— Acho que pode funcionar.

— Eu sei, madame, mas a senhora vai ficar vulnerável. É por isso que não gosto da ideia... Tenho certeza de que o patrão também não gostaria.

— Já tentamos todas as táticas usuais. Quer dizer, já fizemos tudo que era possível mantendo o sigilo. Acho que agora nossa única opção é deixar a coisa toda vir à tona.

— Madame, a senhora sabe que pode sacrificar um ponto de vantagem?

— Você está falando como um locutor da BBC, Albert — comentou Tuppence, um pouco exasperada.

Ele ficou surpreso e voltou a falar com mais naturalidade:

— É que, ontem à noite, ouvi uma palestra muito interessante sobre a fauna dos lagos — explicou.

— Não temos tempo para assuntos paralelos agora — cortou Tuppence.

— Por onde anda o Capitão Beresford? É isso que quero saber.

— Eu também gostaria de saber — respondeu Tuppence com uma pontada no peito.

— É estranho ele desaparecer assim do nada. Já devia ter dado alguma notícia para a senhora. É por isso...

— Sim, Albert?

— O que quero dizer é: se *ele* já está exposto, talvez seja melhor a senhora não fazer o mesmo.

Ele fez uma pausa para organizar as ideias, então prosseguiu:

— Quer dizer, eles desmascararam o capitão, mas *talvez não saibam sobre a senhora*... então poderia continuar agindo por baixo dos panos.

— Queria conseguir tomar essa decisão — respondeu Tuppence com um suspiro.

— O que está pensando em fazer, madame?

Tuppence, pensativa, murmurou:

— Pensei que poderia perder uma das cartas que escrevi... então fazer um alarde, parecer muito aborrecida. Depois, a carta seria encontrada no saguão, e Beatrice, a empregada, a deixaria na mesa do saguão. Então a pessoa certa a leria.

— E o que estaria escrito nessa carta?

— Ah, algo na linha de que eu descobrira *a identidade da pessoa em questão* e que, no dia seguinte, apresentaria pessoalmente um relatório completo sobre a descoberta. Então, Albert, M ou N teriam que dar as caras para tentar me matar.

— Sim, e talvez conseguissem.

— Não se eu estiver prevenida. Acho que tentariam me atrair para um lugar específico... um local ermo. E é aí que *você* entra... porque eles não sabem nada sobre você.

— E eu iria atrás da pessoa e a pegaria com a boca na botija?

Tuppence confirmou.

— A ideia é essa. Vou pensar melhor... encontro você amanhã.

———

Tuppence estava saindo da biblioteca pública com o que lhe havia sido recomendado como "um bom livro" debaixo do braço quando foi surpreendida por uma voz.

— Mrs. Beresford.

Ela se virou rápido. Era um rapaz alto, moreno, com um sorriso ao mesmo tempo tímido e simpático.

— Hã... a senhora não se lembra de mim? — perguntou ele.

Tuppence já estava mais que acostumada com essa pergunta. Conseguiria até saber, com toda precisão, a frase que viria a seguir.

— Eu...conheci a senhora no apartamento de Deborah.

Os amigos de Deborah! Eram tantos, mas, para Tuppence, pareciam todos iguais! Alguns eram morenos, como este rapaz, outros loiros, às vezes ruivos, mas pareciam sair do mesmo molde: agradáveis, bem-educados, e, na opinião de Tuppence, sempre um pouco cabeludos demais. (No entanto, quando Tuppence fazia essa insinuação, Deborah dizia "Ah, *mamãe*, parece que a senhora parou em 1916. Eu não *suporto* cabelo curto.")

Inoportuno ser encontrada e reconhecida por um dos amigos de Deborah justo agora, mas ela daria um jeito de se livrar dele.

— Eu me chamo Anthony Marsdon — explicou o rapaz.

Tuppence, fingida, murmurou:

— Ah, claro! — E apertou sua mão.

Tony Marsdon continuou:

— Estou feliz por ter encontrado a senhora, Mrs. Beresford. Trabalho com Deborah, e devo confessar que algo deveras desconcertante aconteceu.

— É mesmo? O que houve?

— Bem, veja, Deborah descobriu que a senhora não está na Cornualha, como ela pensava, e achou essa notícia preocupante.

— Ah, não acredito! — disse Tuppence, tensa. — Como ela descobriu?

Tony Marsdon respondeu, um tanto constrangido:

— É claro que Deborah nem imagina o que a senhora está fazendo.

Discreto, ele fez uma pausa e continuou:

— E é muito importante, imagino, que ela não saiba. Na verdade, meu trabalho é bem parecido com o da senhora. Lá no departamento de codificação acham que sou um aprendiz. Na verdade, porém, tenho instruções de expressar opiniões levemente fascistas: certa admiração pelo sistema alemão, insinuações de que alianças com Hitler poderiam ser uma boa saída... esse tipo de coisa. Só para ver que tipo de resposta recebo. Há muita podridão envolvida e queremos descobrir que está por trás disso tudo.

"A podridão é geral", pensou Tuppence.

— Então, assim que Deb comentou sobre a senhora, achei que deveria vir até aqui para alertá-la e sugerir que invente uma história mais plausível. Veja bem, conheço o trabalho que a senhora está executando e o considero de maior importância. Se alguém descobrir qualquer pista de sua identidade, seria o fim. Pensei que talvez fosse uma boa ideia dizer a ela que foi encontrar o Capitão Beresford na Escócia ou onde quer que ele esteja agora. Pode dizer que teve permissão para ir trabalhar com ele.

— É uma boa ideia — afirmou Tuppence, pensativa.

Tony Marsdon continuou, ansioso:

— Não acha que estou sendo intrometido?

— Não, fico bastante agradecida.

Tony, agora inconsequente, completou:

— É que eu... eu... eu gosto muito de Deborah.

Tuppence dirigiu-lhe um breve olhar entretido.

Como lhe parecia distante o mundo no qual rapazes atenciosos cortejavam Deb, apesar da insolência da filha, que nunca parecia desanimá-los. Tuppence considerou que aquele rapaz era um tipo muito atraente.

Ela deixou de lado o que costumava chamar de "pensamentos para momentos de paz" e se concentrou na situação imediata.

Depois de algumas reflexões, contou devagar:

— Meu marido não está na Escócia.

— Não?

— Não, ele está aqui comigo. Ou ao menos estava! Ele desapareceu...

— Que lástima... ou não? Por acaso, ele descobriu alguma coisa?

— Acho que sim. É por isso que não acho que seu desaparecimento seja um mau sinal. Penso que, cedo ou tarde, ele vai entrar em contato comigo... de seu próprio jeito. — Ela abriu um sorrisinho.

Tony comentou, um tanto constrangido:

— Com certeza, vocês conhecem bem as regras do jogo. Mas devem tomar cuidado.

Tuppence assentiu.

— Entendo sua preocupação. Nos livros, as belas heroínas sempre são enganadas. Mas Tommy e eu temos nossos métodos. Inventamos até um código: Penny Plain. É uma piada com meu nome.

— Como? — O rapaz a olhou como se ela estivesse doida.

— É que meu apelido na família é Tuppence. Entendeu? Um *penny*, *twopence*.

— Ah, entendi! — disse o rapaz, mais tranquilizado. — Que criativo.

— Acho que sim.

— Não quero me intrometer, mas... posso ajudar de alguma forma?

— Sim — respondeu Tuppence, pensativa. — Acho que talvez possa.

Capítulo 12

Depois de uma era de inconsciência, Tommy começou a avistar uma bola de fogo flutuando no espaço. No centro dessa bola de fogo havia um núcleo de dor, onde o universo se encolhia e a bola de fogo balançava devagar... então percebeu, de repente, que esse núcleo era sua própria cabeça dolorida.

Com lentidão, começou a perceber outras coisas: seu corpo frio e dormente, sua fome, sua incapacidade de mexer a boca.

A bola de fogo se movia mais e mais devagar... Era a cabeça de Thomas Beresford, deitada no chão. Um chão duríssimo. Na verdade, mais parecia pedra.

Sim, estava deitado sobre um solo de pedra, incapaz de se mover, com dor, fome, frio e desconforto.

É certo que as camas da pensão de Mrs. Perenna não eram incrivelmente macias, mas isso não poderia...

Mas é claro... Haydock! O rádio! O garçom alemão! Entrando pelos portões da Sans Souci...

Alguém que vinha por trás o nocauteou. Aquele era o motivo de sua tremenda dor de cabeça.

E ele podia jurar que tinha se safado! Então Haydock não era tão tolo assim.

Haydock? Haydock tinha entrado na Toca do Belchior e fechado a porta. Como conseguira descer a colina e esperar por Tommy no jardim da Sans Souci?

Não seria possível. Tommy o teria visto.

Então tinha sido o empregado? Será que fora mandado na frente para ficar à espreita? Tommy, porém se lembrava de ter visto Appledore pela brecha da porta da cozinha ao atravessar o saguão. Ou só imaginava tê-lo visto? Talvez fosse essa a explicação.

Não fazia diferença. No momento, ele precisava descobrir onde estava.

Os olhos de Tommy, acostumados com a escuridão, captaram um pequeno retângulo de luz. Uma janela ou gradeado para ventilação. O ar gelado cheirava a mofo. Talvez estivesse em um porão. Mãos e pés amarrados e, para completar, estava amordaçado.

"Acho que me dei mal", pensou Tommy.

Tentou mexer os braços, pernas ou boca, mas não teve sucesso.

Então ouviu um rangido distante e uma porta, localizada às suas costas, se abriu. Um homem entrou segurando uma vela e colocou-a no chão. Tommy reconheceu Appledore. Ele saiu e voltou em seguida com uma bandeja contendo um jarro de água, um copo e um pouco de pão e queijo.

Ele se abaixou para verificar as cordas que amarravam os membros de Tommy. Verificou também a mordaça e disse, baixíssimo:

— Vou tirar a mordaça para que possa comer e beber. Mas, se por acaso fizer qualquer som, vou amordaçá-lo de imediato.

Tommy tentou balançar a cabeça para concordar, mas não conseguiu, então abriu e fechou os olhos várias vezes seguidas.

Appledore, interpretando o sinal como um consentimento, desamarrou a mordaça com cuidado.

Com a boca livre, Tommy passou alguns minutos relaxando a mandíbula. Appledore levou o copo d'água à sua boca. Ele engoliu, primeiro com dificuldade, depois de forma mais tranquila. A água lhe fez um bem tremendo.

Ele sussurrou:

— Que alívio. Não sou mais tão jovem. Agora preciso comer, Fritz... ou é Franz?

O homem respondeu em voz baixa:

— Aqui me chamo Appledore.

Ele pegou a fatia de pão e o pedaço de queijo e aproximou da boca de Tommy, que devorou com vigor.

Depois de mais um gole d'água, perguntou:

— E qual será o próximo passo?

Como resposta, Appledore pegou a mordaça de novo. Tommy pediu depressa:

— Quero falar com o Comandante Haydock.

Appledore balançou a cabeça. Reposicionou a mordaça com destreza e saiu.

Tommy foi deixado para meditar na escuridão. Foi acordado de um sono conturbado pelo barulho da porta se abrindo. Era Haydock e Appledore. A mordaça foi retirada e as cordas que amarravam seus braços foram afrouxadas para que ele pudesse se sentar e esticar os braços.

Haydock portava uma pistola automática.

Tommy, sem muita confiança, começou a representar seu papel.

— O que significa isso, Haydock? — perguntou, indignado. — Fui atacado, sequestrado...

O comandante só balançou de leve a cabeça e respondeu:

— Não desperdice seu fôlego. Não vale a pena.

— Só porque é um membro do serviço secreto não pode...

Haydock voltou a balançar a cabeça.

— Não, Meadowes. Sei que não caiu na minha conversa. Não precisa fingir.

Tommy, no entanto, não se deu por vencido. Argumentou consigo mesmo que o outro não podia ter certeza. Se continuasse a representar seu papel...

— Quem você acha que é? — perguntou Tommy, exigente. — Não importa quão poderoso seja, não tem o direito de agir assim. Sou perfeitamente capaz de segurar a língua sobre qualquer segredo!

O outro comentou, com frieza:

— Você se saiu muito bem, mas posso garantir que é irrelevante para mim se faz parte da Inteligência Britânica ou se é apenas um amador trapalhão...

— Ah, Deus...

— Desista, Meadowes.

— Olha, digo que...

Haydock aproximou seu rosto do dele, furioso.

— Fique quieto, maldito! Outrora teria sido importante descobrir quem você era e para quem trabalhava. Mas agora não faz diferença. O tempo é curto. E você não teve a chance de relatar o que descobriu a ninguém.

— A polícia vai começar a me procurar assim que souberem que desapareci.

Haydock mostrou-lhe os dentes cintilantes.

— Hoje mesmo recebi a polícia. Bons camaradas... amigos meus. Fizeram muitas perguntas sobre um tal de Mr. Meadowes. Estavam bastante preocupados com o desaparecimento dele. Como ele tinha se comportado naquela noite, o que tinha dito para mim. Eles nem imaginaram, não teriam motivo para tal, que o homem que buscavam estava praticamente debaixo de seus pés. Está mais que esclarecido que você saiu daqui são e salvo. Nem sonhariam em procurá-lo aqui.

— Você não pode me deixar aqui para sempre — afirmou Tommy.

Retomando seus exímios modos britânicos, Haydock disse:

— Não será necessário, meu caro. Apenas até amanhã à noite. Um barco atracará aqui na enseada... e achamos que talvez seja bom você fazer uma viagem para cuidar da saúde, embora eu duvide de que estará vivo, ou sequer a bordo, quando chegarem ao destino.

— Não sei por que não me matou logo de uma vez.

— Está quente demais, meu caro. De vez em quando, temos problemas de comunicação ultramarina, e nesse caso... bem, um cadáver sabe anunciar sua presença na vizinhança.

— Entendo — disse Tommy.

Ele de fato entendia. A questão estava clara. Ele tinha que permanecer vivo até a chegada do barco. Então seria morto ou dopado e levado pelo mar. Jamais haveria qualquer conexão entre seu corpo, quando fosse encontrado, e a Toca do Belchior.

— Só vim até aqui — prosseguiu Haydock, falando com mais naturalidade — para perguntar se há algo que podemos, hã, fazer por você... depois?

Tommy pensou e disse:

— Agradeço, mas não vou pedir para que mandem uma mecha de meu cabelo para uma senhora em St John's Wood nem nada do tipo. Ela vai sentir minha falta no dia do pagamento... mas ouso dizer que arranjará outro amigo bem rápido.

Para todos os efeitos, Tommy achava que precisava passar a impressão de que trabalhava sozinho. Enquanto não levantasse suspeitas sobre Tuppence, a batalha ainda poderia ser vencida, embora ele não fosse estar lá para participar dela.

— Como preferir — disse Haydock. — Se quiser mandar um bilhete para... sua amiga... faremos de tudo para que seja entregue.

Então ele estava ansioso para descobrir um pouco mais sobre esse Mr. Meadowes desconhecido? Muito bem, Tommy o manteria no escuro.

Balançou a cabeça e respondeu:

— Não é necessário.

— Muito bem. — Com uma expressão de total indiferença, Haydock acenou para Appledore, que recolocou as cordas e a mordaça. Os dois saíram do porão e trancaram a porta.

Entregue à reflexão, Tommy sentiu-se desanimado. Não apenas encarava a perspectiva de uma morte cada vez mais iminente como não tinha meios de deixar qualquer pista sobre as informações descobertas.

Seu corpo estava entregue ao desamparo. Seu cérebro parecia não funcionar. Será que deveria ter aceitado a oferta de Haydock e mandado um recado? Se sua cabeça estivesse funcionando melhor... mas ele não conseguira pensar em nada útil.

Claro que ainda havia Tuppence. Mas o que ela poderia fazer? Conforme apontara Haydock, o desaparecimento de Tommy jamais seria conectado a ele. Tommy saíra da Toca do Belchior são e salvo. Era o que atestava o testemunho de duas pessoas. Tuppence suspeitaria de todo mundo, menos de Haydock. Talvez ela nem suspeitasse de alguém. Poderia pensar que Tommy estava apenas no encalço de uma nova pista.

Maldição, se ao menos tivesse sido mais cauteloso...

Só havia uma luzinha distante naquela escuridão, que escapava por uma grade de ventilação em um canto superior. Se conseguisse tirar a mordaça, poderia gritar por socorro. Talvez alguém ouvisse, por mais improvável que fosse.

Passou a meia hora seguinte tentando tirar as cordas que imobilizavam seu corpo e retirar a mordaça. Tudo em vão. As pessoas que o amarraram tinham experiência.

Estimava que fosse fim de tarde. Imaginou que Haydock tivesse saído; nenhum ruído vinha lá de cima.

O pior é que ele provavelmente estava jogando golfe, especulando com seus camaradas sobre o que teria acontecido com Meadowes!

"Jantou comigo ontem à noite... parecia normal. Aí se escafedeu!"

Tommy espumava de ódio. Toda aquela cordialidade britânica! Será que ninguém conseguia enxergar o crânio prussiano? Nem Tommy havia percebido. É impressionante o que um ator de primeira conseguia fazer.

E lá estava ele, o fracasso em pessoa, vergonhoso, amarrado feito um frango, sem ninguém para socorrê-lo.

Ah, se Tuppence tivesse um sexto sentido! Ela poderia suspeitar. Às vezes, sua esposa tinha algumas intuições inexplicáveis...

Mas que era aquilo?

Ele aguçou os ouvidos para um som longínquo.

Era apenas um homem cantarolando, porém.

E ele ali, impossibilitado de emitir qualquer som para atrair a atenção de alguém.

O cantarolar se aproximou. Uma cantoria desafinada.

A melodia, apesar de dissonante, era familiar. Era uma canção da guerra anterior... e reavivada na atual.

"If you were the only girl in the world and I was the only boy."

Quantas vezes ele mesmo cantarolou aquela melodia em 1917?

Mas o cantor era horrível. Por que não conseguia acertar o tom?

De repente, Tommy sentiu todo o corpo em alerta. Todas aquelas falhas de tom eram estranhamente familiares. Só havia uma pessoa no mundo que errava o tom da música naquela passagem específica!

"Meu deus, é Albert!", pensou Tommy.

Albert estava rondando a Toca do Belchior. Albert chegou perto, mas Tommy não podia fazer nada amarrado daquele jeito, incapaz de se mexer ou de emitir qualquer som...

Espere um minuto. Será que não?

Havia um som; mais difícil de emitir com a boca fechada do que aberta, mas ele podia tentar.

Então Tommy começou a roncar desesperadamente. Manteve os olhos fechados, pronto a fingir um sono profundo caso Appledore aparecesse, e roncou e roncou...

Ronco curto, ronco curto, ronco curto... pausa... ronco longo, ronco longo, ronco longo... pausa... ronco curto, ronco curto, ronco curto...

Albert andava angustiado desde a última vez que conversara com Tuppence.

Com o passar dos anos, ele se tornara uma pessoa de raciocínio lento, mas obstinado.

A situação geral lhe parecia muito errada.

Para começar, a guerra era errada.

"Aqueles alemães...", pensou ele, melancólico e quase sem rancor. Saudando Hitler, marchando como gansos, destroçando o mundo, bombardeando, metralhando e espalhando pestilência por onde passam. Alguém precisava interrompê-los, não havia dúvida... mas parecia que, até então, ninguém fora capaz.

E agora lá estava Mrs. Beresford, uma senhora das mais supimpas, se metendo em problemas e procurando por outros problemas, mas como ele poderia impedi-la? Sentia-se de mãos atadas. Ninguém era páreo para essa tal quinta-coluna e sua matilha. E olha que parte deles eram cidadãos britânicos! Uma desgraça!

E o capitão, que sempre conseguia dissuadir a patroa de seus disparates... estava desaparecido.

Albert não gostava nada daquilo. Achava que "aqueles alemães" podiam estar por trás disso.

Sim, a coisa não cheirava bem. E parecia que ele podia ter descoberto um deles.

Albert não era dado a grandes reflexões. Como a maioria dos ingleses, quando se preocupava com alguma coisa, ele a rodeava e rodeava até, por fim, esclarecer a confusão. Então decidiu que o capitão precisava ser encontrado, e, feito um cão fiel, saiu à procura.

Ele não tinha um plano de ação, mas seu procedimento foi o que sempre adotava para encontrar a bolsa da esposa ou os próprios óculos quando tais objeto essenciais desapareciam do nada. Assim, para começar, dirigiu-se ao local onde o objeto perdido havia sido visto pela última vez.

No caso em questão, a última informação sobre Tommy era que ele havia jantado com o Comandante Haydock na Toca do Belchior e retornado para a Sans Souci, tendo sido visto pela última vez no portão da propriedade.

Portanto, Albert subiu a colina até o portão da pensão e o encarou esperançoso por cinco minutos. Quando nenhuma ideia brilhante lhe passou pela cabeça, ele respirou fundo e subiu ainda mais a colina, em direção à Toca do Belchior.

Naquela semana fatídica, Albert também havia ido ao cinema Ornate e ficara impactado com o filme *The Wandering Minstrel*. Que romântico! Não conseguia evitar o deslumbramento de se ver em uma situação idêntica à da trama. Ele, como o herói do filme, Larry Cooper, um fiel menestrel à procura de seu mestre, que estava preso. E, assim como o menestrel, Albert já estivera lado a lado com seu mestre em batalhas de outrora. Mas agora seu mestre tinha sido traído e não havia mais ninguém que pudesse salvá-lo além de seu fiel menestrel, a única pessoa que o devolveria são e salvo aos braços da Rainha Berengária.

Albert suspirou ao se lembrar da melodia afetuosa de "Richard, O mon roi", cantada com tanto sentimento pelo menestrel de torre em torre.

Pena que ele mesmo não sabia cantar no tom.

O tempo que levava para aprender uma melodia!

Seus lábios se moldaram em um assobio entrecortado.

As músicas de antigamente andavam tocando bastante.

— "*If you were the only girl in the world and I was the only boy...*"

Albert fez uma pausa para observar o portão branco e bem-conservado da Toca do Belchior. Era ali, foi naquele lugar que o patrão tinha ido jantar.

Subiu a colina um pouco mais e chegou aos desfiladeiros.

Nada. Só grama e umas poucas ovelhas.

O portão da Toca do Belchior se abriu para deixar um carro sair. Um homenzarrão com mais de 40 anos levando tacos de golfe dirigiu montanha abaixo.

— Só pode ser o Comandante Haydock — falou Albert.

Ele desceu e ficou olhando para a Toca do Belchior. Uma casinha bem cuidada. Belo jardim. Boa vista.

Ele a admirou, cantarolando:

— "*I would say such wonderful things to you...*"

Um homem saiu pela entrada lateral da casa com uma enxada, passou por um portãozinho e sumiu de vista.

Albert, que cultivava capuchinhas e alface em seu quintal, ficou interessado na mesma hora.

Aproximou-se ainda mais da Toca do Belchior e passou pelo portão aberto. Sim, que casinha bem cuidada.

Deu algumas voltas lentas em torno da casa. Logo abaixo, acessível por uma escadinha, havia um platô com uma horta. O homem que saíra pela porta lateral estava ocupado ali.

Albert o observou com interesse por algum tempo, então se virou para contemplar a casa.

Que casinha bem cuidada, pensou pela terceira vez. O tipo de casa que era condizente com um comandante da Marinha aposentado. Foi ali mesmo que o patrão jantara na noite passada.

Albert voltou a dar voltas e voltas em torno da casa. Olhou para a construção da mesma maneira que olhara o portão da Sans Souci... com esperança, como se esperasse uma dica do imóvel.

E, enquanto caminhava, cantarolava baixinho, um menestrel do século XX à procura de seu mestre.

— "*There would be such wonderful things to do*" — cantarolou Albert. — "*I would say such wonderful things to you. There would be such wonderful things to do...*"

Será que tinha confundido os versos? Já tinha cantado essa parte antes.

Que engraçado, o comandante criava porcos? Ele ouviu um grunhido longo. Estranho... pareciam vir do subsolo. Um lugar esquisito para criar porcos.

Não, não podiam ser porcos. Não, era alguém tirando uma soneca. Alguém tirando uma soneca no porão, pelo que parecia...

Um dia perfeito para tirar uma soneca, mas que lugar incomum para se fazer isso! Cantarolando feito um abelhão, Albert se aproximou.

E era dali que o som vinha... do outro lado daquela gradezinha de ventilação. Grunhido, grunhido, grunhido, roooooo-onco. Rooooonco, rooooonco, grunhido, grunhido, grunhido. Um ronco engraçado, mas que lhe parecia familiar....

— Ora! — disse Albert. — Então é isso... SOS! Ponto, ponto, ponto, traço, traço, traço, ponto, ponto, ponto.

Deu uma olhadela ao redor.

Então se ajoelhou no chão e tamborilou uma mensagem na grade de ferro da janelinha do porão.

Capítulo 13

Embora Tuppence tenha se recolhido para dormir sentindo-se otimista, sofreu um baque logo nas primeiras horas do dia, quando o moral humano não está em seu melhor.

No entanto, ao descer para o café da manhã, animou-se ao ver uma carta em cima do prato endereçada a ela com uma letra bastante inclinada para a esquerda.

Não era uma carta de Douglas, Raymond ou Cyril, ou nenhuma das correspondências camufladas que chegavam para ela de tempos em tempos, que incluíam um cartão-postal colorido do Bonzo com as palavras: "Desculpa não ter escrito antes. Está tudo bem, Maudie."

Tuppence largou o cartão e abriu a carta.

Querida Patricia (lia-se),
Infelizmente, a tia Gracie piorou muito. Os médicos não disseram que ela vai de mal a pior, mas acho que não restam muitas esperanças. Se quiser se despedir dela, acho que é melhor vir hoje mesmo. Se pegar o trem das 10h20 para Yarrow, um amigo pode buscá-la de carro na estação. Espero revê-la em breve, querida, apesar do motivo triste.
Com carinho,
Penelope Playne

Tuppence fez tudo que pôde para conter a alegria.

A boa e velha Penny Plain!

Com certa dificuldade, forçou uma expressão enlutada... e suspirou profundamente ao largar a carta.

Compartilhou o conteúdo da carta às duas empáticas ouvintes sentadas à mesa, Mrs. O'Rourke e Miss Minton, e deu-se a liberdade de discorrer sobre a personalidade de tia Gracie, seu espírito indomável, sua indiferença aos ataques aéreos e ao perigo da guerra, e os últimos dias de vida lidando com a doença. Miss Minton mostrou-se curiosa quanto às origens do sofrimento de tia Gracie e, com bastante interesse, tentou traçar um paralelo com as doenças de sua prima Selina. Tuppence se confundiu um pouco, indecisa entre edema ou diabetes, mas acabou dizendo que eram complicações renais. Mrs. O'Rourke manifestou um ávido interesse em saber se Tuppence se beneficiaria da morte da velha, e recebeu a informação de que Cyril sempre fora o sobrinho-neto preferido de tia Gracie, além de ser seu afilhado.

Depois do café, Tuppence ligou para o alfaiate e desmarcou a prova de um blazer e uma saia que tinha agendado para aquela tarde, então procurou Mrs. Perenna para avisar que provavelmente passaria uma ou duas noites fora.

Mrs. Perenna lhe deu os pêsames habituais. Parecia cansada naquela manhã, com uma expressão de ansiedade e tormento.

— Ainda não temos notícias de Mr. Meadowes — disse ela. — É *muito* estranho, não acha?

— Tenho certeza de que ele sofreu um acidente — murmurou Mrs. Blenkensop. — É minha opinião desde o começo.

— Ah, Mrs. Blenkensop, mas, a essa altura, já teríamos informações sobre o acidente.

— O que acha que aconteceu? — perguntou Tuppence.

Mrs. Perenna balançou a cabeça.

— Não sei *o que* pode ter acontecido. Mas concordo que ele simplesmente não decidiu ir embora. Já teria dado notícias, se fosse o caso.

— Essa justificativa nunca fez o menor sentido — disse Mrs. Blenkensop, com gentileza. — Foi aquele Major Bletchley terrível que começou essa história. Não, se não foi um acidente, talvez Mr. Meadowes tenha perdido a memória. Acho que hoje em dia isso é mais comum do que se imagina, sobretudo em momentos de estresse como esse que vivemos.

Mrs. Perenna assentiu, franzindo os lábios com uma expressão hesitante. Ela encarou Tuppence.

— Sabe, Mrs. Blenkensop, a verdade é que não sabemos *muito* sobre Mr. Meadowes, não é?

Tuppence, em um rompante, disse:

— Como assim?

— Ah, por favor, não me entenda mal. *Eu* não acredito... não acredito mesmo...

— Não acredita no quê?

— Nessa história que corre à boca pequena...

— Que história? Não sei de nada.

— É que, bem, talvez ninguém fosse contar para você. Nem sei quem começou essa coisa toda. Acho que ouvi primeiro de Mr. Cayley, mas é claro que ele é um homem muito suspeito, compreende?

Tuppence se conteve, tentando ser paciente.

— Ora, por favor, me conte — falou.

— Bem, é apenas um boato, mas as pessoas vêm falando que Mr. Meadowes talvez fosse um espião inimigo... desse bando horrível da tal quinta-coluna.

Tuppence tentou concentrar toda a indignação de Mrs. Blenkensop ao exclamar:

— Mas que ideia *estapafúrdia*!

— Concordo, não penso que seja verdade. Mas o fato é que Mr. Meadowes sempre era visto de conversinha com aquele rapaz alemão... e parece que fez várias perguntas sobre os tais experimentos químicos lá da fábrica. Então as pessoas começaram a achar que eles poderiam estar mancomunados.

Tuppence disse:

— A senhora acha que há alguma dúvida sobre a inocência de Carl, Mrs. Perenna?

Ela notou quando um espasmo percorreu o rosto da mulher.

— Bem que eu gostaria de saber...

— Pobre Sheila... — comentou Tuppence com compaixão. Os olhos de Mrs. Perenna cintilaram.

— Está arrasada, a pobrezinha. Por que logo ele? Não podia se apaixonar por outro rapaz?

Tuppence balançou a cabeça.

— Não é dessa forma que o amor funciona.

— Tem razão. — A voz de Perenna era grave e amarga. — É sempre assim: tristeza, mágoa, poeira e cinzas. O eterno desmantelamento da alma... Estou farta de tanta crueldade, de tanta injustiça. Queria amassar e destruir tudo, para que tivéssemos a oportunidade de recomeçar, de voltar ao seio da terra, sem essas leis, essas regras e essa tirania de nações contra nações. Queria...

Ela foi interrompida por uma tosse. Uma tosse grave e rouca. Mrs. O'Rourke estava de pé na soleira, seu corpanzil ocupando todo o espaço da porta.

— Estou atrapalhando?

Feito um apagador deslizando sobre uma lousa, qualquer indício do desabafo desapareceu do rosto de Mrs. Perenna, deixando apenas a feição preocupada de uma dona de pensão cujos hóspedes estavam arrumando problemas.

— De forma alguma, Mrs. O'Rourke — respondeu. — Estávamos apenas conversando sobre o sumiço de Mr. Meadowes. É espantoso que a polícia não tenha nem mesmo uma pista.

— Ah, a polícia! — exclamou Mrs. O'Rourke com desprezo tranquilo. — Para que servem? Para nada! Só querem saber de multar os carros e prender os pobres coitados que não tiraram a licença para passear com seus cães.

— Qual é sua teoria, Mrs. O'Rourke? — perguntou Tuppence.

— Já ouviram o boato que está correndo por aí?

— De que Meadowes é um espião fascista? Já — respondeu Tuppence, ríspida.
— Talvez seja verdade — disse Mrs. O'Rourke, pensativa.
— Desde o começo, algo me intrigou naquele homem. Eu o observava, sabe? — Ela sorriu diretamente para Tuppence e, como de costume, o sorriso tinha um toque assustador, como o de uma ogra. — Ele não parecia ser um aposentado sem nada para fazer da vida. Se posso arriscar um palpite, diria que tinha segundas intenções.
— E quando a polícia ficou na cola dele, ele desapareceu, é isso? — questionou Tuppence.
— Pode ser — disse Mrs. O'Rourke. — O que acha, Mrs. Perenna?
— Não sei — suspirou Mrs. Perenna. — Tudo isso é problemático demais. Gera muito *falatório*.
— Ah, mas falar não ofende. Estão todos agora na varanda, elucubrando a respeito felizes da vida. Vão acabar chegando à conclusão de que aquele homem pacato, inofensivo, nos explodiria durante o sono.
— Mas a senhora ainda não disse o que acha... — falou Tuppence.
Mrs. O'Rourke voltou a abrir seu lento e feroz sorriso.
— Acho que ele está escondido em algum lugar... são e salvo.
Tuppence pensou: "Acho que ela diria isso se soubesse... mas ele não está onde ela imagina!"
E subiu para se arrumar. Betty Sprot saiu correndo do quarto dos Cayley com um sorriso travesso no rosto.
— O que anda aprontando, sua danadinha? — perguntou Tuppence.
Betty gargarejou:
— *Ganso, gansinho, gansado...*
Tuppence cantarolou:
— *Hoje qual será a maratona? Subo escada!* — E levantou Betty no alto. — *Desço escada!* — E rolou a menina no chão.

Nesse momento, Mrs. Sprot apareceu e pegou Betty, dizendo que iam se arrumar para passear.

— Esconde? — disse Betty, esperançosa. — Esconde?

— Não é hora de brincar de esconde-esconde — repreendeu Mrs. Sprot.

Tuppence foi para o quarto e vestiu seu chapéu. Achava horrível ter que usar chapéu. Tuppence Beresford não usava, mas Patricia Blenkensop decerto usaria, na opinião de Tuppence.

Notou que alguém tinha mudado a posição de seus chapéus. Alguém andou revistando o cômodo? Bem, que seja. Não encontrariam nada que levantasse suspeita sobre a inocente Mrs. Blenkensop.

Ela deixou a carta de Penelope Playne de propósito sobre a penteadeira, desceu a escada e saiu.

Às dez da manhã passou pelo portão. Tinha tempo de sobra. Olhou para o céu e, ao fazê-lo, pisou em uma poça, mas nem percebeu e continuou andando.

Seu coração pulava de alegria. Sucesso... sucesso... ia dar tudo certo.

A estação de Yarrow era pequena e rural, um pouco distante do povoado.

Do lado de fora, um carro aguardava. Um belo jovem o dirigia. Ele tocou sua boina em cumprimento a Tuppence, mas o gesto pareceu artificial.

Tuppence deu um chute no pneu, desconfiada.

— Não está um tanto murcho?

— Não vamos muito longe, senhora.

Ela assentiu e entrou no carro.

Não se dirigiram para o povoado, mas, sim, para as montanhas. Depois de subirem uma colina serpenteante, pegaram um atalho para uma descida íngreme que levava a uma espécie de gruta. Das sombras de um bosque, uma figura emergiu para recebê-los.

O carro parou, Tuppence desceu e foi cumprimentar Anthony Marsdon.

— Beresford está bem — informou depressa. — Conseguimos localizá-lo ontem. Está preso nas garras do inimigo e, por motivos de força maior, continuará preso por mais doze horas. Veja, um barco vai atracar em um ponto específico... e precisamos conseguir interceptá-lo. É por isso que não podemos resgatá-lo de imediato... não podemos entregar o jogo até o último minuto.

Ele a encarou com aflição.

— Compreende?

— Sim, claro! — disse Tuppence, olhando para um curioso emaranhado de lona relativamente escondido atrás das árvores.

— Prometo que ele vai ficar bem — disse o rapaz, ansioso.

— É claro que Tommy vai ficar bem — respondeu Tuppence, impaciente. — Não me trate como se eu fosse uma criança de 2 anos. Ambos estávamos preparados para correr alguns riscos. O que é aquela coisa ali atrás?

— Bem... — O rapaz hesitou. — A questão é essa. Deram-me a ordem de lhe fazer uma proposta. Mas, sinceramente, não gosto de estar nessa posição. É que...

Tuppence olhou para Anthony com frieza.

— Por que não gosta de estar nessa posição?

— Bem, é que... Deus... é que a senhora é mãe de Deborah. E dessa forma... o que Deborah diria se... se...

— Se eu me estrepasse? — perguntou Tuppence. — Sinceramente, se fosse você, não falaria nada para ela. A pessoa que falou que explicações são um erro estava coberta de razão.

Ela abriu um sorriso gentil para ele.

— Ah, meu caro, sei bem como se sente. Pensa não haver problema algum no fato de você, Deborah e todos os jovens correrem riscos, mas acha que nós, os de meia-idade, precisamos ser protegidos. O que é um disparate, porque, se alguém for se dar mal, o melhor é que seja alguém de meia-idade, que já viveu o melhor da vida. Enfim, pode parar de olhar para mim como se eu fosse um objeto sagrado, a mãe de Deborah, e me diga logo qual é a tarefa perigosa e desagradável que devo executar.

— Veja bem — disse o rapaz, cheio de entusiasmo —, eu acho a senhora uma mulher magnífica, muito admirável.

— Deixe disso — cortou Tuppence. — Já me admiro demais, não precisa me ajudar nisso. Qual *é* o plano exatamente?

Tony gesticulou para o emaranhado de lona.

— Aquilo ali — disse ele — é o resto de um paraquedas.

— Ah! — disse Tuppence, com brilho nos olhos.

— Conseguimos pegar aquilo com algum esforço — prosseguiu Marsdon. — Ainda bem que as LDVs daqui são muito eficientes. Identificaram que haveria um pouso e pegaram a mulher no flagra.

— *A mulher*?

— Sim, *uma mulher*! Vestida de enfermeira.

— Pena que não era uma freira — disse Tuppence. — Já ouvi tantas histórias boas de freiras com braços peludos e musculosos.

— Bem, não era uma freira e nem um homem vestido de mulher. Era uma mulher de estatura mediana, meia-idade, magra, de cabelo preto.

— Então — disse Tuppence —, era uma mulher parecida comigo?

— Sim — confirmou Tony.

— E aí? — perguntou Tuppence.

Marsdon disse devagar:

— A próxima parte é com você.

Tuppence sorriu.

— Pode contar comigo. Aonde vou e o que devo fazer?

— Ah, Mrs. Beresford, a senhora é mesmo *incrível*. Uma coragem admirável.

— Aonde vou e o que devo fazer? — repetiu Tuppence, impaciente.

— Infelizmente, não há muitas instruções. No bolso da mulher havia um pedaço de papel com anotações em alemão: "Caminhe até Leatherbarrow... a leste da cruz de pedra. St. Asalph Road, 14, Dr. Binion."

Tuppence olhou para cima. No topo da colina próxima havia uma cruz de pedra.

— É isso mesmo — confirmou Tony. — As placas foram retiradas, é claro. Mas Leatherbarrow é grande, e caminhando a leste daquela cruz não tem como errar.

— Qual é a distância?

— Por volta de oito quilômetros.

Tuppence fez uma careta.

— Uma bela caminha antes do almoço — comentou. — Espero que o Dr. Binion me ofereça o almoço quando eu chegar.

— Fala alemão, Mrs. Beresford?

— Só algumas frases prontas de viagem. Tenho que ser firme sobre falar em inglês... dizer que foram as instruções que me passaram.

— É um grande risco — comentou Marsdon.

— Que nada! Quem vai desconfiar que sou uma substituta? Ou todo mundo por aqui já sabe que uma paraquedista foi derrubada?

— Os dois voluntários da LDV que presenciaram o ocorrido foram detidos pelo chefe de polícia. Não querem arriscar que eles se gabem da façanha aos amigos!

— Será que ninguém mais viu... ou ouviu falar?

Tony sorriu.

— Minha cara Mrs. Beresford, todos os dias corre a notícia de que um, dois ou cem paraquedistas caíram ou foram derrubados!

— Pior que é verdade — falou Tuppence. — Bem, vamos lá.

— Temos alguns apetrechos... e uma policial que é especialista em maquiagem. Venha comigo.

Um pouco para dentro do bosque, havia um barracão caindo aos pedaços. Na porta, estava uma mulher de meia-idade de aparência competente.

Ela analisou Tuppence e anuiu.

Tuppence se sentou em um caixote e se entregou aos cuidados da especialista. Enfim, a profissional recuou para averiguar o resultado, assentiu com aprovação e observou:

— Aí está. Acho que fizemos um ótimo trabalho. O que acha, senhor?

— Excelente — disse Tony.

Tuppence pegou o espelho que a mulher lhe oferecia. Ela analisou o próprio rosto com curiosidade e quase não conseguiu conter um grito de surpresa.

As sobrancelhas ganharam um desenho muito diferente, alterando a expressão de seu rosto. Pedacinhos de esparadrapo foram posicionados estrategicamente sob cachos que cobriam suas orelhas, esticando a pele do rosto e lhe dando novos contornos. Uma quantidade pequena de massa foi aplicada para mudar o nariz, que assumiu um formato adunco de perfil. Uma maquiagem profissional lhe dera alguns anos de idade, aprofundando as linhas de expressão nos cantos da boca. Um rosto todo tinha uma aparência complacente, tola.

— Mas que astúcia — comentou Tuppence, admirada, tocando o nariz com delicadeza.

— Tome cuidado — alertou a mulher, pegando duas tiras de borracha. — Acha que consegue falar com isso dentro da boca?

— Não tenho saída — disse Tuppence, desanimada.

Ela enfiou as tiras na boca e testou as mandíbulas.

— Não são tão desconfortáveis assim — admitiu.

Tony saiu discretamente do barracão para que Tuppence pudesse tirar a roupa e vestir o uniforme de enfermeira. Até que serviu bem, embora estivesse um pouco apertado nos ombros. A boina azul escura deu o toque final à sua nova personalidade. Mas ela se recusou a usar os sapatos de bico quadrado.

— Se preciso andar oito quilômetros — afirmou. — Vou com meus sapatos.

As duas concordaram que não teria problema... até porque os sapatos de Tuppence eram de couro azul-escuro e combinavam com o uniforme.

Ela vasculhou a bolsa azul-escura com interesse: pó de arroz; nenhum batom; duas libras, catorze xelins e *sixpence*; um lenço e uma carteira de identidade em nome de Freda Elton, Manchester Road, 4, Sheffield.

Tuppence passou o próprio pó de arroz e um batom para a bolsa nova e se levantou, pronta para sair.

Tony Marsdon virou o rosto e disse, pesaroso:

— Sinto-me um desprezível por deixar a senhora fazer isso.

— Sei como é.

— Mas, veja, é de extrema importância que tenhamos alguma ideia de onde e como seremos atacados.

Tuppence deu um tapinha no braço dele.

— Não se preocupe, rapaz. Acredite se quiser, estou me divertindo.

— A senhora é maravilhosa! — elogiou o rapaz mais uma vez.

———

Um pouco exausta, Tuppence chegou ao número 14 da St. Asalph Road, e notou pela placa que o Dr. Binion não era médico, mas um cirurgião-dentista.

De rabo de olho, avistou Tony Marsdon. Estava sentado dentro de um carro esportivo em frente a uma casa mais adiante.

Haviam julgado necessário que Tuppence seguisse as instruções de caminhar até Leatherbarrow, pois alguém poderia perceber se ela chegasse de carro.

Era sabido que duas aeronaves inimigas haviam sobrevoado a região, rodeando as colinas em um voo rasante antes de partirem, e elas poderiam ter notado a enfermeira solitária caminhando.

Tony e a policial experiente haviam seguido pela direção oposta e feito um grande desvio antes de chegarem a Leatherbarrow e assumirem seu posto pré-definido na St. Asalph Road. Estava tudo pronto.

— Que rufem os tambores — murmurou Tuppence. — É mais um cristão para a cova dos leões. Bem, pelos menos ninguém pode dizer que não vivi a vida.

Ela atravessou a rua e tocou a campainha, pensando se Deborah gostava mesmo daquele rapaz. A porta foi aberta por uma velhinha com cara de camponesa... não era um rosto inglês.

— O Dr. Binion está? — disse Tuppence.

A mulher a mediu de cima a baixo.

— Deve ser a enfermeira Elson.

— Isso.

— Vou levá-la à sala de cirurgia.

Ela recebeu Tuppence e fechou a porta. Encontravam-se em um saguão estreito de linóleo.

A empregada acompanhou Tuppence pela escada e abriu uma porta no primeiro andar.

— Aguarde aqui, por favor. O doutor já vai recebê-la.

E saiu fechando a porta.

Um consultório de dentista como qualquer outro... um tanto velho e mal cuidado.

Tuppence olhou para a cadeira do dentista e sorriu ao pensar que, pela primeira vez, o objeto não lhe transmitia os pavores de sempre. O "medo de dentista" continuava lá, mas por motivos bem diferentes.

Em pouco tempo, a porta se abriria e o "Dr. Binion" entraria. Mas quem seria ele? Um estranho? Um rosto familiar? Se fosse a pessoa que esperava encontrar...

A porta se abriu.

O homem que entrou estava longe de ser quem Tuppence imaginara! Era alguém que ela nem chegara a considerar como possibilidade.

O Comandante Haydock.

Capítulo 14

A cabeça de Tuppence foi tomava por teorias loucas sobre a participação do Comandante Haydock no desaparecimento de Tommy, mas ela tratou de afastar esses pensamentos. Precisava concentrar toda a inteligência no momento presente.

Será que o comandante a reconheceria? Era uma pergunta interessante.

Ela havia se preparado tanto para não demonstrar surpresa à primeira vista, não importava quem encontrasse ali, que sentia certa confiança de que não demonstrara qualquer reação.

Ela se levantou e ficou parada em sinal de respeito, como convinha a uma simples alemã na presença de um ariano todo-poderoso.

— Aí está você — disse o comandante.

Ele falou em inglês, usando sua conduta de sempre.

— Sim — disse Tuppence, e completou, como quem se apresenta: — Enfermeira Elton, ao seu dispor.

Haydock sorriu como se ela tivesse contado uma piada.

— Enfermeira Elton! Essa é boa!

Ele a examinou com aprovação.

— Sua aparência está perfeita — disse, com gentileza.

Tuppence inclinou a cabeça, não disse nada. Deixava a iniciativa com ele.

— Bem, acho que sabe o que tem que fazer, não? — prosseguiu Haydock. — Sente-se, por favor.

Tuppence se sentou com obediência e respondeu:

— Fui informada de que me passará todas as instruções.

— Pois bem — disse Haydock com certo escárnio. — Já sabe o dia?

— Dia quatro.

Haydock ficou espantado, franziu a testa.

— Ah, então você *sabe* o dia? — sussurrou.

Houve um silêncio.

— Pode me dizer o que tenho que fazer, por favor? — pediu Tuppence.

Haydock disse:

— Tudo a seu tempo, minha cara.

Ele fez outra pausa e perguntou:

— Com certeza já ouviu falar da Sans Souci, certo?

— Não — respondeu Tuppence.

— Não?

— Não — repetiu Tuppence, e pensou: "Quero ver como vai sair dessa!"

O comandante abriu um sorrisinho estranho.

— Então quer dizer que nunca ouviu falar da Sans Souci? Isso muito me surpreende... porque, até onde sei, *você morou lá no último mês...*

Silêncio sepulcral. O comandante prosseguiu.

— Não é mesmo, Mrs. Blenkensop?

— Não sei do que está falando, Dr. Binion. Pousei de paraquedas nesta manhã.

Haydock sorriu de novo, um sorriso nada agradável.

— Algumas jardas de lona metidas em um bosque criam uma ilusão perfeita. E eu não sou o Dr. Binion, cara senhora. O Dr. Binion é meu dentista... e ele faz a gentileza de me ceder sua sala de cirurgia vez ou outra.

— É mesmo? — perguntou Tuppence.

— É mesmo, Mrs. Blenkensop! Ou prefere que lhe chame pelo sobrenome verdadeiro, Beresford?

Outro silêncio sepulcral. Tuppence respirou fundo. Haydock assentiu.

— Acabou a brincadeira. *"Você que entrou em minha teia", disse a aranha para a mosca.*

Um leve estalo foi seguido pelo brilho de um objeto metálico na mão do homem. Seu tom de voz foi ameaçador:

— Aconselho que fique bem quietinha e nem ouse fazer estardalhaço para alertar a vizinhança! Estaria morta antes de dar um "ai", e, mesmo que conseguisse gritar, ninguém desconfiaria. As pessoas gritam em consultórios dentários.

Tuppence disse, serena:

— Parece que pensou em tudo. Passou pela sua cabeça que tenho amigos que sabem onde estou?

— Ah! Vejo que ainda acredita no jovem Anthony Marsdon. Lamento, Mrs. Beresford, mas ele é um de nossos aliados mais fiéis neste país. Como falei há pouco, algumas jardas de lona fazem milagres. Você engoliu a história do paraquedas sem nem pensar duas vezes.

— Não entendo o porquê dessa trabalheira toda.

— Não? Queremos evitar que seus amigos a rastreiem. *Se* descobrirem aonde foi, chegarão a Yarrow e a um homem dentro de um carro. O fato de uma enfermeira, com um rosto bem diferente, ter entrado em Leatherbarrow entre as treze e catorze horas dificilmente será conectado com seu desaparecimento.

— Bastante elaborado — comentou Tuppence.

— Admiro sua coragem. De verdade. Lamento ter que coagi-la, mas é vital que saibamos exatamente o que *conseguiu* descobrir na Sans Souci.

Tuppence não respondeu.

Haydock falou, em voz baixa:

— Meu conselho é que confesse. Existem algumas... possibilidades... em uma cadeira de dentista e seus instrumentos...

Tuppence se limitou a lançar um olhar de desprezo para ele. Haydock se reclinou na cadeira e continuou, com calma:

— Sim, imagino que seja muito corajosa... conheço o tipo. Mas e sua outra metade?

— Do que está falando?

— Falo de Thomas Beresford, seu marido, que se instalou na Sans Souci sob o pseudônimo Mr. Meadowes e que se encontra devidamente amarrado no porão de minha casa.

Tuppence falou, ríspida:

— Não acredito nisso.

— Por causa da carta de Penny Plain? Não percebe que foi apenas uma artimanha do jovem Anthony? Você entregou o jogo nas mãos dele quando contou sobre o código secreto.

A voz de Tuppence tremeu.

— Então Tommy... Tommy...

— Tommy — disse Comandante Haydock — está onde sempre esteve... sob meu poder! Agora é com você. Se responder às minhas perguntas de maneira satisfatória, talvez ele tenha uma chance. Se não... bem, nesse caso, vamos nos ater ao plano original. Ele vai levar uma pancada na cabeça, ser enfiado em um barco e jogado ao mar.

Tuppence fez um breve silêncio... então perguntou:

— O que quer saber?

— Quero saber quem é o chefe ou os chefes de vocês, quais meios utilizam para se comunicar com eles, o que relataram até agora e o que sabem exatamente.

Tuppence deu de ombros.

— Posso contar as mentiras que quiser — observou Tuppence.

— Não, porque vou verificar tudo que disser. — E aproximou sua cadeira de Tuppence, assumindo um modo agradável. — Cara senhora... sei como se sente sobre essa situação, mas pode acreditar quando digo que de fato admiro muito você e seu marido. São duros na queda. É de pessoas como vocês que precisamos no estado novo, que se implantará quando esse atual governo imbecil for destituído.

Queremos transformar alguns de nossos inimigos em amigos... aqueles que valem a pena. Se eu tiver que expedir a ordem que acabará com a vida de seu marido, assim o farei, é meu dever, mas me sentirei muito mal em fazê-lo! Ele é um bom sujeito... calmo, modesto e inteligente. Deixe-me reforçar para a senhora algo que poucas pessoas deste país parecem compreender. Nosso líder não pretende conquistar esta nação da forma que imaginam. Ele almeja criar uma Nova Grã-Bretanha... uma Nova Grã-Bretanha poderosa, controlada não por alemães, mas pelos próprios ingleses. Pelos *melhores* ingleses: cidadãos sábios, educados, corajosos. *Um admirável mundo novo*, como nos diz Shakespeare.

Ele inclinou o corpo para a frente e prosseguiu:

— Queremos acabar com a bagunça e a incompetência. Com o suborno e a corrupção. Com o egoísmo e a ganância. *E neste estado novo precisamos de pessoas como a senhora e seu marido*, corajosas e inteligentes.... até então inimigos, em breve amigos. Ficaria surpresa se soubesse quantos neste país, e em outros também, já passaram a simpatizar e acreditar em nossos objetivos. E, com a colaboração de todos, teremos uma nova Europa, uma Europa de paz e progresso. Tente ver as coisas deste modo.... pois lhe asseguro que este *é* o caminho.

A voz de Haydock era convincente, fascinante. Inclinado, ele tinha a postura de um típico marinheiro inglês.

Tuppence olhou para ele e buscou na mente uma resposta notável. Mas só conseguiu se lembrar de uma fala tola e infantil.

— *Ganso, gansinho, gansado!* — disse Tuppence.

O efeito foi tão fantástico que a deixou perplexa.

Haydock se levantou em um pulo, seu rosto roxo de raiva, e toda a cordialidade de marinheiro inglês desaparecera em um segundo. Tuppence presenciava agora o que Tommy já presenciara... um prussiano enfurecido.

· M OU N? · **197**

Ele praguejou em alemão fluente. Em seguida, em inglês, berrou:

— Sua estúpida! Não percebe que se entregou totalmente com essa resposta? Selou seu próprio destino... e o de seu amado maridinho.

Subindo o tom de voz, gritou:

— Anna!

A mulher que havia recebido Tuppence entrou na sala. Haydock lhe entregou a pistola.

— Tome conta dela. Atire se necessário.

E saiu da sala, furioso.

Tuppence lançou um olhar suplicante para Anna, cuja expressão era impassível.

— Teria coragem de atirar em mim? — perguntou Tuppence.

Ela respondeu em voz baixa:

— Nem tente me enrolar. Na última guerra, mataram meu filho, meu Otto. Eu tinha 38 anos... agora tenho 62, mas não esqueci.

Tuppence olhou para aquele rosto largo, impassível. Era tão parecido com o rosto da polonesa, Vanda Polonska. A mesma ferocidade assustadora, a mesma objetividade. A maternidade era de fato implacável! Sem dúvida, muitas mães por toda Inglaterra compartilhavam daquele sentimento. Não havia argumentos para dissuadir a fêmea da espécie... a mãe que perdera os filhotes.

Algo se agitou nas profundezas do cérebro de Tuppence... uma lembrança insistente, algo que ela sempre soube, mas nunca conseguiu expressar. Salomão... tinha algo a ver com Salomão...

A porta se abriu e Comandante Haydock entrou.

Ele uivava, louco de raiva:

— Onde está? Onde você escondeu?

Tuppence o encarou, pega de surpresa. O que ele perguntava não fazia sentido para ela.

Ele não tinha pegado nem escondido nada.

Haydock disse para Anna:
— Saia.
A mulher lhe entregou a pistola e saiu da sala de imediato.
Haydock se jogou na cadeira e pareceu se esforçar para recuperar a calma.
— Sabe que não vai conseguir escapar — falou ele. — Eu peguei você... e tenho maneiras de fazer as pessoas abrirem o bico, maneiras nem um pouco agradáveis. Acabará confessando a verdade. Então responda, *onde está*?
Tuppence logo percebeu que havia ali uma possibilidade de negociação. Mas precisava descobrir o que em teoria escondera dele.
Ela perguntou, cheia de cautela:
— Como sabe que está comigo?
— Pelo que você falou, sua estúpida. Não está com você agora, até onde sabemos, porque trocou sua roupa por essa fantasia.
— E se mandei para alguém? — perguntou Tuppence.
— Não seja tola. Tudo que você despachou desde ontem foi examinado. O que preciso não foi despachado. Mas você *pode* ter feito uma coisa: escondido na Sans Souci antes de sair hoje cedo. Você tem três minutos para me informar o esconderijo.
Ele pôs o relógio sobre a mesa.
— Três minutos, Mrs. Thomas Beresford.
O relógio fazia tique-taque.
Tuppence ficou parada, impassível.
Seu rosto não revelava nada do turbilhão de pensamentos em sua cabeça.
De repente, teve uma iluminação e entendeu tudo... percebeu todo o negócio que estava por trás, com uma clareza ofuscante, e se deu conta, enfim, de quem era o pivô de toda a organização.
Foi um grande choque quando Haydock disse:
— Faltam dez segundos...

Como se estivesse sonhando, ela o observou erguer a pistola em sua direção e ouviu a contagem:

— Um, dois, três, quatro, cinco...

Quando a contagem chegou no *oito*, ouviu-se um tiro e ele caiu para a frente na cadeira com uma expressão perplexa no rosto avermelhado. Estivera tão concentrado vigiando a vítima que não se deu conta quando a porta se abriu devagar às suas costas.

Tuppence se levantou assustada. Ela abriu passagem por entre os homens uniformizados na porta e agarrou um braço coberto de tweed.

— Mr. Grant! — exclamou ela.

— Sim, sim, minha querida, está tudo bem agora. Você foi estupenda...

Tuppence dispensou as palavras de conforto.

— *Rápido!* Não temos tempo a perder. Estão de carro?

— Sim — respondeu ele, encarando-a.

— Um carro veloz? Precisamos chegar na Sans Souci *imediatamente*. Se é que ainda temos tempo. Antes que telefonem para cá e não sejam atendidos.

Dois minutos depois, já estavam no carro, ziguezagueando pelas ruas de Leatherbarrow. Quando cruzaram a campina, o ponteiro do velocímetro não parava de subir.

Mr. Grant não fez perguntas. Se contentou em ficar em silêncio enquanto Tuppence observava o velocímetro com apreensão. O chofer recebera ordens de dirigir em velocidade máxima.

Tuppence só perguntou uma vez.

— E Tommy?

— Está bem. Foi libertado há meia hora.

Ela assentiu.

Enfim se aproximavam de Leahampton. Dispararam e serpentearam através da cidadezinha e colina acima.

Tuppence e Mr. Grant saltaram do carro e subiram o caminho até a casa em disparada. A porta do saguão, como sempre, estava aberta. Não havia ninguém. Tuppence correu em silêncio escada acima.

Ao passar pela porta de seu quarto, deu uma olhadela e notou a confusão de gavetas abertas e a cama revirada. Seguiu pelo corredor e entrou no quarto de Mr. e Mrs. Cayley.

Vazio. Parecia tranquilo e com um leve cheiro de remédio. Tuppence foi até a cama e puxou as cobertas.

As cobertas caíram no chão, e Tuppence passou a mão por debaixo do colchão. Triunfante, virou-se para Mr. Grant mostrando o livro infantil ilustrado.

— Aqui. Está tudo aqui...

— O quê...?

Eles olharam para trás. Mrs. Sprot estava na soleira da porta, encarando-os.

— E agora — disse Tuppence —, *permita-me apresentá-lo a M!* Sim. *Mrs. Sprot!* Eu deveria ter desconfiado desde o princípio.

Restou a Mrs. Cayley chegar segundos depois na porta do quarto para proporcionar o anticlímax perfeito.

— Minha *nossa* — disse ela, olhando desnorteada para a cama bagunçada. — O que meu marido vai *pensar*?

Capítulo 15

— Eu devia ter percebido tudo desde o início — disse Tuppence.

Ela tentava acalmar os nervos com uma generosa dose de conhaque e sorria para Tommy e para Mr. Grant... e também para Albert, que estava diante de um caneco de cerveja com um sorriso de orelha a orelha.

— Conte-nos tudo, Tuppence — encorajou Tommy.

— Você primeiro — disse Tuppence.

— Não tenho muito a relatar — respondeu Tommy. — Descobri o rádio transmissor secreto por acaso. Achei que conseguiria escapar, mas Haydock foi mais esperto.

Tuppence concordou com a cabeça e disse:

— Ele ligou para Mrs. Sprot na mesma hora. Ela correu para o quintal e o esperou com o martelo. Lembro que ela deixou a mesa de bridge apenas por uns três minutos. *Notei* que ela voltou ofegante... mas nunca suspeitei de nada.

— Depois disso — falou Tommy —, o crédito é todo de Albert. Ele farejou a casa de Haydock como um cachorro leal. Ronquei em código Morse e ele entendeu de cara. Aí contou para Mr. Grant e os dois voltaram depois, na mesma noite. E dá-lhe ronco! O resultado foi que concordei em ficar quieto ali para que eles pudessem capturar as forças inimigas que chegariam pelo mar.

Mr. Grant fez um adendo.

— Quando Haydock saiu hoje de manhã, nosso pessoal ocupou a Toca do Belchior. Prendemos a tripulação do barco no fim da tarde.

— Agora você, Tuppence — disse Tommy.

— Bem, para começar, não sei como consegui ser tão burra! Eu desconfiava de todo mundo, menos de Mrs. Sprot. Só *uma* vez senti uma espécie de ameaça, como se estivesse correndo perigo: foi quando ouvi, pela extensão do telefone, uma conversa sobre o tal dia quatro. Só havia três pessoas na casa... e minhas suspeitas se voltaram para Mrs. Perenna e Mrs. O'Rourke. Engano meu; a sem graça da Mrs. Sprot era a mais perigosa de todas.

"Continuei muito confusa, como Tommy sabe, até o desaparecimento dele. Então comecei a traçar um plano com Albert quando de repente, do nada, surgiu Anthony Marsdon. De cara, parecia tudo nos conformes, ele era bem o tipo de rapaz que vive na barra da saia de Deb. Contudo, duas coisas me deixaram encasquetada. Primeiro comecei a perceber, enquanto conversava com ele, que *nunca* o tinha visto antes, e que ele nunca estivera em nosso apartamento. Em segundo lugar, ele parecia estar muito informado sobre minhas atividades aqui em Leahampton, mas achava que *Tommy* estava na Escócia. Isso me pareceu errado. Porque, se fosse para ele saber sobre alguém, seria sobre Tommy, já que minha participação era extraoficial. Isso me deixou com a pulga atrás da orelha.

"Mr. Grant havia me dito que os quinta-colunistas estavam por toda parte, inclusive nos lugares mais improváveis. Então por que um deles não poderia trabalhar com Deborah? Eu não poderia saber com certeza, mas tinha uma desconfiança que me levou a armar uma cilada para ele. Contei que eu e Tommy tínhamos combinado um código de comunicação. É claro que o verdadeiro era o cartão-postal do Bonzo, mas inventei uma historinha para Anthony sobre Penny Plain, uma anedota de meu acervo.

"Conforme eu esperava, ele mordeu a isca! Quando recebi a carta no dia seguinte, tive certeza de que era um inimigo.

"Já estava tudo combinado. Só precisei ligar para o alfaiate e cancelar a prova de roupa. Esse era o sinal de que o peixe tinha caído na rede."

— Aí acabou-se! — exclamou Albert. — Nem tive tempo de piscar. Peguei a caminhonete de uma padaria e despejei uma poça daquele negócio bem na frente no portão. Sementes de anis... ou pelo menos o cheiro era esse.

— E então — disse Tuppence, retomando a narração —, saí da pensão e pisei no anis. É claro que foi fácil ser seguida de longe pela caminhonete da padaria até a estação de trem, então alguém se aproximou por minhas costas e ouviu que eu estava comprando uma passagem para Yarrow. Depois disso, as coisas poderiam ficar mais complicadas.

— Os cachorros farejaram muito bem o anis — disse Mr. Grant. — Primeiro na estação de Yarrow, então no rastro do pneu depois que você esfregou o sapato nele. Isso nos levou ao bosque, depois à cruz de pedra e, por fim, a você, enquanto atravessava as colinas a pé. O inimigo nem desconfiava de que poderíamos segui-la tranquilamente depois que eles próprios se afastassem de carro.

— Mesmo assim — disse Albert —, fiquei com medo. Sabendo que a senhora estava naquela casa, sem a menor ideia do que poderia lhe acontecer... Entramos pela janela dos fundos e rendemos a estrangeira que vinha descendo a escada. Chegamos na hora certa.

— Eu sabia que chegariam — disse Tuppence. — Tudo que eu precisava fazer era enrolar o máximo possível. Eu planejava contar qualquer coisa quando vi a porta se abrindo. O mais emocionante foi quando a ficha caiu e percebi como tinha sido idiota!

— E como foi que a ficha caiu? — perguntou Tommy.

— *Ganso, gansinho, gansado* — respondeu Tuppence de imediato. — Quando falei essa frase para o Comandante Haydock, ele ficou possesso. Não só poque era uma resposta tola e despropositada. Não, notei que aquilo tinha *significado* para ele. Então notei que a expressão no rosto daquela mulher, Anna, era igual à daquela polonesa e aí, claro, pensei em Salomão e a ficha caiu.

Tommy suspirou, exasperado.

— Tuppence, se você disser isso de novo, eu mesmo vou atirar em você. Que *ficha*? E o que Salomão tem a ver com tudo isso?

— Você se lembra da história das duas mulheres que se apresentaram ao Rei Salomão com um bebê, ambas dizendo que eram a mãe dele? Aí Salomão diz: "Muito bem, cortem o bebê ao meio." A mãe falsa respondeu: "Tudo bem." Mas a mãe verdadeira disse: "Não, o bebê pode ficar com ela." Porque ela não suportaria ver a morte do filho. Pois bem, na noite em que Mrs. Sprot atirou naquela mulher, todos disseram que foi um milagre e que ela poderia ter acertado a criança. Deveria ter ficado muito óbvio naquele momento! Se fosse a filha dela, ela *jamais* arriscaria dar um tiro. Ou seja, Betty *não era* filha dela. E por isso ela precisava atirar naquela mulher.

— Mas por quê?

— Porque, é claro, aquela mulher era *a verdadeira mãe da criança* — afirmou Tuppence, com a voz trêmula.

— Coitada... coitada daquela mulher. Chegou aqui como uma refugiada sem um tostão, então aceitou, agradecida, que Mrs. Sprot adotasse sua filhinha.

— Mas por que Mrs. Sprot quis adotar a criança?

— *Camuflagem*! A camuflagem psicológica suprema. É inimaginável que uma espiã poderosa arrisque a vida de um filho em uma missão. Só por isso nunca desconfiei de Mrs. Sprot. Simplesmente por causa da criança. Mas a mãe verdadeira de Betty ansiava por pegá-la de volta, então descobriu o endereço de Mrs. Sprot e veio buscá-la. Ela ficava cercando a casa, aguardando a hora certa, até que conseguiu pegar a filha e fugir.

"É claro que Mrs. Sprot ficou louca. Não podia envolver a polícia de jeito nenhum. Então escreveu aquele bilhete, fingiu que o tinha achado no chão do quarto e pediu a ajuda do Comandante Haydock. Quando conseguimos encontrar aquela pobre mulher, ela não quis correr o risco de ser desmascarada e atirou... Estava longe de não saber nada sobre armas, ela era uma atiradora profissional! Sim, ela matou a pobre estrangeira e, por isso, não tenho pena alguma dela. Foi má do início ao fim!"

Tuppence fez uma pausa, então continuou:

— Outra coisa que poderia ter me dado uma pista era a semelhança entre Vanda Polonska e Betty. *Betty* me fazia lembrar aquela mulher. E depois teve aquela brincadeira estranhíssima com meus cadarços. O mais provável é que ela tenha visto a suposta mãe fazer aquilo... não Carl von Deinim! Mas, assim que Mrs. Sprot se deu conta do que a criança estava fazendo, plantou um monte de provas no quarto do rapaz para incriminá-lo; e ainda teve o toque de mestre de mergulhar os cadarços na tinta invisível.

— Que bom que Carl não está envolvido — disse Tommy. — Eu gostava dele.

— Ele não foi fuzilado, foi? — perguntou Tuppence com ansiedade, conjugando o verbo no passado.

Mr. Grant balançou a cabeça.

— Ele está bem — falou. — Aliás, tenho uma surpresinha para você.

O rosto de Tuppence se iluminou ao exclamar:

— Nossa, que bom! Fico feliz por Sheila! É claro que fomos idiotas por desconfiar de Mrs. Perenna.

— Ela tinha algum envolvimento com o IRA, nada mais — disse Mr. Grant.

— Cheguei a suspeitar de Mrs. O'Rourke, e às vezes dos Cayley...

— E eu suspeitava de Bletchley — adicionou Tommy.

— E, o tempo todo — concluiu Tuppence —, aquela criatura insípida, que considerávamos mãe de Betty, debaixo de nosso nariz!

— Ela não tem nada de insípida — disse Mr. Grant. — Uma mulher perigosíssima e uma excelente atriz. E, sinto informar, nascida e criada na Inglaterra.

— Agora mesmo é que não sinto pena nem admiração por ela... nem era à pátria dela que servia! — Tuppence olhou com curiosidade para Mr. Grant. — Encontrou o que buscava?

Mr. Grant assentiu.

— Estava tudo dentro daqueles livros infantis surrados.

— Os que Betty chamava de "nojento" — disse Tuppence.

— Eram *mesmo* nojentos — disse Mr. Grant, com frieza.

— Dentro de *Pequeno João Glutão* estava nosso arranjo naval em detalhes. No *João Cabeça de Vento*, nossa força aérea. E os assuntos militares internos encartados no *Havia um homenzinho que tinha uma arminha.*

— E o *Ganso, gansinho, gansado*? — perguntou Tuppence.

Mr. Grant respondeu:

— Com o reagente apropriado, conseguimos revelar o que estava escrito em tinta invisível nesse livro: uma lista completa de todas as figuras importantes envolvidas na invasão deste país. Entre eles, dois chefes de polícia, um vice-marechal da força aérea, dois generais, o dono de uma fábrica de armas, um ministro, muitos superintendentes da polícia, vários comandantes das forças locais e diversos peixes pequenos das Forças Armadas, assim como membros de nosso serviço secreto.

Tommy e Tuppence ficaram imóveis.

— *Inacreditável!* — falou Tuppence.

Grant balançou a cabeça.

— Vocês não têm noção da força da propaganda nazista. Apela para algo inerente ao homem, um desejo por poder. Essas pessoas estavam prontas para trair o próprio país, não por dinheiro, mas por um orgulho megalômano do que conquistariam *pessoalmente* para o país. É o que acontece em muitos lugares. É o culto a Lúcifer... Lúcifer, Estrela da Manhã. Orgulho e desejo pela *glória pessoal*!

E complementou:

— Dá para notar que, com tais pessoas emitindo ordens contraditórias e atrapalhando as operações, a invasão tinha tudo para dar certo.

— E agora? — perguntou Tuppence.

Mr. Grant sorriu.

— Agora — disse ele —, *que venham*! Estaremos *preparados*!

Capítulo 16

— Ah, mãe — disse Deborah. — Sabia que quase tive desconfianças terríveis de você?

— É mesmo? — perguntou Tuppence. — Quando?

Tuppence olhava com afeto para o cabelo escuro da filha.

— Quando você "fugiu" para a Escócia para ficar com o papai e me disse que estava com a tia Gracie. Quase pensei que você estava tendo um caso.

— Ah, Deb, é mesmo?

— Mas é claro que não cogitei isso seriamente. Por causa de sua idade. Também porque sei que você e o Cenourão são fiéis um ao outro. Na verdade, foi um idiota chamado Tony Marsdon que me deixou com essa pulga atrás da orelha. Aliás, mãe, você sabia que... acho que posso contar... que acabaram descobrindo que ele era um quinta-colunista? Ele sempre falava coisas estranhas, eu já tinha notado. De como as coisas nem mudariam muito, ou talvez até melhorassem, se Hitler vencesse.

— Mas venha cá, você... gostava dele?

— De Tony? Ah, não, ele era insuportável. Espere um minuto, vou ter que aceitar essa dança.

Ela saiu deslizando nos braços de um rapaz loiro, sorrindo para ele com ternura. Tuppence ficou observando durante um tempo, depois desviou o olhar para um rapaz alto de uniforme da força aérea que dançava com uma moça loura e esbelta.

— Sabe de uma coisa, Tommy? — disse Tuppence. — Acho que criamos ótimos filhos.

— Olhe, é Sheila — disse Tommy.

Ele se levantou para cumprimentá-la.

Sheila usava um vestido verde-esmeralda que realçava sua bela pele morena. Ela se mostrou taciturna ao cumprimentar os anfitriões com cara de poucos amigos.

— Aqui estou eu — disse ela —, conforme prometido. Mas não sei por que me convidaram.

— Porque gostamos de você — disse Tommy, sorrindo.

— É mesmo? — perguntou Sheila. — Não consigo imaginar o motivo. Sempre fui desagradável com os dois.

Ela ficou em silêncio, então sussurrou:

— Mas sou grata.

Tuppence disse:

— Temos que achar um belo parceiro de dança para você.

— Não quero dançar. Odeio dançar. Só vim para vê-los.

— Mas você vai gostar de dançar com um convidado meu — disse Tuppence, sorrindo.

— Vejam... — Sheila se interrompeu.

Carl von Deinim cruzava o salão. Sheila olhou para ele, atordoada.

— Você... — murmurou ela.

— Eu! — disse Carl.

Carl von Deinim estava um pouco diferente. Sheila olhou para ele, perplexa. Suas bochechas coraram, assumindo um tom vibrante de vermelho.

— Sabia que estaria bem... — comentou ela, um pouco sem ar. — Mas jurava que continuaria trancafiado.

Carl balançou a cabeça.

— Não tem motivo para continuar preso.

E completou:

— Você deve me perdoar, Sheila, por enganar você. Não me chamo Carl von Deinim. Adotei esse nome por razões muito pessoais.
Ele olhou para Tuppence com hesitação.
— Pode falar — encorajou ela.
— Carl von Deinim era um amigo. Nós nos conhecemos aqui na Inglaterra anos atrás. E depois reencontrei ele na Alemanha, pouco antes da guerra. Eu estava lá fazendo um serviço especial para este país.
— Você era do serviço secreto? — perguntou Sheila.
— Sim. Enquanto trabalhava lá, coisas estranhas aconteceram. Escapei por pouco algumas vezes. De vez em quando, meus planos eram descobertos. Comecei a achar que havia algo de errado e que a "podridão", para usar uma expressão deles, tinha se infiltrado em meu departamento. Fui enganado por meus próprios colegas. Carl e eu tínhamos algumas semelhanças... minha avó era alemã, daí vem minha adequação para trabalhar na Alemanha. Carl não era nazista. Interessava-se somente por seu trabalho... um trabalho que eu mesmo já praticara, de pesquisa na área química. Ele decidiu, pouco antes da guerra estourar, fugir para a Inglaterra. Os irmãos dele tinham sido mandados para campos de concentração. Ele sabia que enfrentaria grandes percalços para fugir, mas, quase como que por milagre, todas as dificuldades se resolveram. Quando me confidenciou isso, fiquei um pouco desconfiado. Como era possível que as autoridades estivessem facilitando a saída de Von Deinim da Alemanha enquanto os irmãos e outros familiares deles estavam em campos de concentração? Ainda mais com a suspeita de que ele mesmo fosse contrário aos nazistas? Eu achava que o queriam na Inglaterra por algum motivo. Minha própria situação estava ficando cada vez mais precária. Carl estava hospedado na mesma pensão que eu e, um belo dia, para minha tristeza, encontrei-o morto na cama. Havia sucumbido à depres-

são e tirado a própria vida, mas deixou uma carta, que li e guardei comigo.

"Então decidi agir como substituto dele. Eu queria sair da Alemanha... e queria descobrir por que Carl estava sendo encorajado a fazê-lo. Eu o vesti com minhas roupas e o deitei em minha cama. Ele estava desfigurado pelo tiro que dera na cabeça. E eu sabia que minha senhoria era quase cega.

"Com os documentos de Carl, voltei para a Inglaterra e procurei o endereço para o qual ele fora recomendado. Era o endereço da Sans Souci.

"Enquanto morei lá, fingi ser Carl von Deinim e me mantive atento. Descobri que já havia um trabalho engatilhado para mim na indústria química. No começo, pensei que deveria trabalhar para os nazistas. Mas acabei descobrindo que o trabalho ao qual meu pobre amigo estava designado era o de bode expiatório.

"Quando fui preso injustamente, não falei nada. Queria manter minha identidade falsa o máximo de tempo possível. Queria ver o que aconteceria.

"Faz apenas alguns dias que fui reconhecido por um dos agentes e a verdade veio à tona."

Sheila, em tom de censura, disse:

— Você devia ter me contado.

Com afeto, ele respondeu:

— Se você se sente traída... peço perdão.

E olhou para ela, que olhou de volta com raiva e orgulho... mas a raiva logo se dissipou.

— Acho que você fez o que tinha que fazer... — falou ela.

— Minha querida...

Ele se recompôs.

— Venha, vamos dançar!

E saíram juntos para a pista de dança.

Tuppence suspirou.

— O que foi? — perguntou Tommy.

— Espero que Sheila continue a gostar dele agora que sabe que ele não é um pária alemão perseguido.

— Acho que ela gosta bastante dele.

— Sim, mas os irlandeses são perversos. E Sheila é uma rebelde nata.

— Por que será que ele revistou seu quarto naquele dia? Foi isso que nos induziu ao erro.

Tommy riu.

— Talvez ele tenha achado Mrs. Blenkensop pouco convincente. A verdade é que, enquanto nós suspeitávamos dele, ele suspeitava de nós.

— Ei, vocês — disse Derek Beresford com um sorriso encorajador enquanto passava com sua parceira de dança pela mesa dos pais. — Por que não vêm dançar também?

— Eles são tão bons para a gente, que Deus os mantenha assim — disse Tuppence.

Em pouco tempo, os gêmeos e suas companhias voltaram para a mesa.

Derek disse ao pai:

— Que bom que arranjou um trabalho, afinal. Mas nada muito interessante, não?

— Apenas burocracia... — disse Tommy.

— Mesmo assim, pelo menos está trabalhando. É isso que importa.

— Fiquei feliz que mamãe pôde ir também — falou Deborah. — Ela está com outra cara. Foi maçante demais, mãe?

— Não achei nem um pouco maçante — disse Tuppence.

— Que bom — falou Deborah. — Quando a guerra acabar, vou poder contar mais sobre meu trabalho. É muito interessante, mas ultrassecreto.

— Que emocionante! — comentou Tuppence.

— Ah, é mesmo! Claro que não é tão emocionante quanto voar... — disse ela, olhando com inveja para o irmão. — Acho que ele vai ser recomendado para...

— Cale-se, Deb — cortou Derek.

— Ora, Derek, o que anda aprontando?
— Ah, nada demais... fruto de um trabalho em equipe. Não sei por que fui escolhido — murmurou o jovem aviador, roxo de vergonha. Ele ficou envergonhado como se tivesse sido acusado de cometer um pecado mortal.
Derek e a loira se levantaram.
— Quero aproveitar muito hoje... É minha última noite de folga — disse ele.
— Vamos também, Charles — convidou Deborah.
Os casais sumiram pela pista de dança.
Tuppence fez uma prece em silêncio: "Que eles fiquem em segurança e nada de mal lhes aconteça..."
Ela ergueu o olhar para Tommy, que disse:
— E aquela criança... vamos mesmo?
— Betty? Ah, Tommy, que bom que também pensou nisso! Achei que era meu lado maternal se manifestando. Você concorda?
— Adotar Betty? Por que não? A coitadinha já sofreu muito e acho que vamos nos divertir tendo outra pequena.
— Ah, Tommy!
Ela estendeu a mão para o marido. Eles se olharam.
— A gente sempre desejando as mesmas coisas — falou Tuppence, esfuziante.
Deborah, ao cruzar com Derek na pista, sussurrou para o irmão:
— Olha aqueles dois... de mãos dadas! São adoráveis, não acha? Temos que fazer de tudo para compensar esse marasmo que eles viveram durante a guerra...

Notas sobre **M ou N?**

Este é o 18º livro de Agatha Christie e o terceiro protagonizado pelo casal de espiões Tommy e Tuppence Beresford. O título é retirado de um catecismo do *Livro de oração comum*, o texto oficial de preces da Igreja Anglicana, no qual se pergunta "Qual é teu Nome?" e a resposta a ser dada é "*N* ou *N.N.*", que, em latim significa "nomen vel nomina" ou, em português, "nome ou nomes" (ou seja, a pessoa deve responder com seu nome de batismo). O "M", na verdade, era um erro tipográfico.

A publicação de *M ou N?* quase colocou Agatha Christie em uma saia justa com a MI5, a agência de contraespionagem britânica. Christie sem querer batizou seu major com o mesmo nome da mansão Bletchley Park, que, na época, era o maior centro de criptografia dos Aliados. A MI5, preocupada que a autora poderia ter um espião dentro da casa, procurou um de seus próprios funcionários — Dilly Knox, o maior responsável por desvendar a cifra da máquina Enigma dos nazistas e amigo pessoal de Agatha Christie — para saber se seria prudente começar uma investigação envolvendo a autora. Knox afirmou que não havia como Christie saber o que se passava em Bletchley Park, mas concordou em perguntar a ela. Convidou-a para um chá e, com muito cuidado, indagou sobre a origem do nome do major. A resposta da autora foi: "Bletchley? Meu caro, fiquei presa lá durante minha viagem de trem de Oxford para Londres e me vinguei batizando um de meus personagens menos amáveis com o nome do lugar." Depois disso, as preocupações da MI5 se dissiparam.

Dismal Desmond, citado por Tommy na página 5, era um dálmata de pelúcia que se tornou uma verdadeira febre entre as crianças inglesas na década de 1920. A produção do brinquedo continuou até a Segunda Guerra Mundial e foi retomada nos anos 1980 e 1990. Com seu rosto alongado, olhos bem abertos e língua de fora, Dismal Desmond tinha uma verdadeira cara de coitado. Bonzo, mencionado por Mrs. Sprot mais adiante (e em outros momentos do livro), foi um cãozinho de quadrinhos e desenho animado também muito popular nos anos 1920 entre crianças e adultos. Junto com o Gato Félix, Bonzo foi um dos primeiros ícones mundiais da animação.

Na página 15, Mr. Grant cita a famosa música da Primeira Guerra Mundial "Sister Susie Sewing Shirts for Soldiers" (cuja tradução seria algo como "Irmã Susie costura camisas para soldados"), composta por Herman Darewski com letra de R.P. Weston. Ela conta a história de uma jovem que tricota roupas para os soldados lutando no exterior, mas cujos esforços são em vão, pois eles preferem dormir em espinheiros a usar as roupas macias enviadas por ela.

"Para você é Dra. Livingstone." A fala de Tuppence, presente na página 22, faz referência ao famoso explorador e missionário cristão escocês David Livingstone. Segundo consta, a famosa frase "Dr. Livingstone, eu presumo?" foi dita a ele pelo jornalista Henry Morton Stanley, correspondente do *New York Herald* em Madri, e encarregado pelo jornal de encontrar o paradeiro do Dr. Livingstone, após meses sem notícia alguma do escocês no continente africano. O missionário foi encontrado na cidade de Ujiji, às margens do lago Tanganica, na Tanzânia.

A sigla ARP, citada pela primeira vez pelo Major Bletchley na página 42, significa *Air Raid Precautions*. Eram organizações e diretrizes determinadas pelo governo federal inglês e aplicadas pelas forças locais. Seu objetivo era proteger a população contra os ataques aéreos da época da Segunda Guerra Mundial. As forças locais incluíam a polícia, os bombeiros, os hospitais e voluntários civis, que tinham funções como levar as pessoas a abrigos antibombas e verificar se as luzes das casas estavam apagadas quando havia a ameaça de um bombardeio. A sigla LDV, citada mais tarde, significa *Local Defence Volunteers*. Eram uma força de voluntários locais formada por homens jovens ou velhos demais para se juntar ao exército. O objetivo desse grupo era servir como uma força secundária no caso de uma invasão do Eixo e também, como fica evidente em *M ou N?*, proteger áreas afastadas de possíveis quinta-colunistas.

A revista *Punch*, comprada por "Mr. Meadowes" na página 43, foi uma influente publicação semanal de humor e sátira na Inglaterra. Seu primeiro número saiu em 1841 e a revista se manteve ativa até 1992, com o ápice de circulação na década de 1940. A *Punch* chegou a ganhar uma sobrevida em 1996, mas foi cancelada novamente em 2002. Um dos maiores feitos da revista foi popularizar o termo "cartum" para designar um desenho humorístico de cunho político.

Waterford e Cork, mencionadas por Mrs. O'Rouke nas páginas 51 e 52, são empresas tradicionais na fabricação de cristais com sede na Irlanda. A origem de ambas as companhias remonta ao século XVIII.

A enfermeira Cavell, mencionada na página 55, é Edith Louisa Cavell, uma enfermeira britânica que salvou várias vidas de ambos os lados durante a Primeira Guerra Mundial. Ela foi presa como espiã e condenada à morte pelas autoridades alemãs.

Na página 56, Sheila menciona Roger Casement, um revolucionário irlandês nascido em Dublin no ano 1864. Casement trabalhou por anos para o governo inglês, chegando a ser cônsul no Congo, no Brasil e no Peru. Em 1911, deixou o serviço consular e, em 1913, se envolveu com os Voluntários Irlandeses. Com a explosão da Primeira Guerra Mundial, Casement pensou que a Alemanha seria uma aliada e apoiaria a Irlanda em uma separação do Reino Unido, e viajou para aquele país em busca de armas para uma insurreição, que acabou se dando na Semana Santa de 1916 e ficou conhecida como Revolta da Páscoa. A insurreição, no entanto, foi suprimida após seis dias de combate, e Casement foi preso e executado por traição.

Um *pukka*, como nossos leitores de *Um mistério no Caribe* já sabem, é uma gíria emprestada do idioma panjábi, que significa algo como "sujeito de primeira qualidade", mas que também servia para denominar britânicos que trabalhavam além-mar e que, em teoria, eram justos em seus julgamentos.

A ponte de Forth, situada a catorze quilômetros da cidade escocesa de Edimburgo e mencionada por Tuppence na página 67, é a segunda maior ponte ferroviária do mundo. O motivo de Tuppence pensar que a ponte poderia ter sido citada na ligação que entreouviu é que a pronúncia de Forth lembra muito a da palavra "*fourth*", o "quarto" que ela escutou pelo telefone.

Agatha Christie faz menção a várias rimas infantis inglesas por todo o livro através das leituras dos hóspedes da Sans Souci para a pequena Betty. Para o texto fluir mais livremente, os títulos dessas cantigas foram traduzidos, apesar de não terem uma contraparte no Brasil. Caso o leitor queira dar uma olhada melhor nessas músicas, são elas: *Little Jack Horner (Pequeno João Glutão)*, *Goosey Goosey Gander (Gan-*

so, gansinho, gansado), *The Old Woman Who Lived in a Shoe* (*A vovó que morava em um sapato*), *Johnny Head in Air* (*João Cabeça de Vento*), *There Was a Little Man and He Had a Little Gun* (*Havia um homenzinho e ele tinha uma arminha*).

Na página 151, Mrs. O'Rouke diz que o nove de ouros é a "maldição da Escócia". Isso é uma referência a diversas lendas e causos envolvendo a carta em questão no folclore escocês. Uma delas diz que o Rei Jaime IV da Escócia perdeu um tempo precioso antes de uma batalha contra a Inglaterra procurando a carta nove de ouros desaparecida de seu baralho. Outra diz que um ladrão conseguiu roubar nove diamantes da coroa de Maria da Escócia (em inglês, o nove de ouros é chamado de "*nine of diamonds*", ou seja, nove de diamantes), o que resultou em um novo imposto para todo o povo escocês a fim de repor as peças preciosas. Há ainda histórias que envolvem ordens de execução escritas no verso de cartas nove de ouros, entre várias outras.

"Cuidado com as viuvinhas, Sammy", a frase que o Major Bletchley cita na página 154, foi retirada do livro *The Posthumous Papers of the Pickwick Club*, escrito pelo inglês Charles Dickens em 1836.

O IRA, organização na qual Mrs. Perenna teve algum envolvimento, é o Exército Republicano Irlandês, que lutava para conseguir a independência da Irlanda. Fundado em 1919, o grupo teve diversas ideologias, mas sempre foi pautado sobretudo pelo nacionalismo e pelo fim da influência britânica no país. Oficialmente, o IRA acabou em 2005, com o anúncio do fim da luta armada e a entrega de seu armamento.

A música cantarolada por Albert na página 175 chama-se "If You Were the Only Girl (In the World)", com letra de Nadt D. Ayer e melodia de Clifford Grey. Foi uma música extremamente popular desde a sua estreia na peça *The Bing Boys Are Here*, regravada por diversos artistas de diferentes gêneros musicais. Sua letra traduzida seria algo como: "Se você fosse a única moça no mundo e eu fosse o único rapaz/ Eu diria coisas maravilhosas para você/ Teríamos coisas maravilhosas para fazermos."

Muitos pensam que o título da obra *Admirável mundo novo* foi uma criação completa de seu autor, Aldous Huxley, mas, na verdade, Huxley pegou a frase emprestada de Shakespeare, dita por Miranda na peça *A tempestade*.

Algo que deve ser notado durante a leitura de *M ou N?* é que o livro é um produto de seu tempo e de algumas crenças que já se provaram falsas. Há certo flerte com a frenologia por parte de Tommy ao analisar o crânio do Comandante Haydock, assim como há o uso de termos datados como "cigana" ou "índio", quando o correto seria designar como "romani" e "indígena". No entanto, os temos antigos foram usados para preservar o tom de fala da época.